權錢對決
之
9
大起大落
姜遠方 著

目錄 CONTENTS

第一章

空中樓閣

馮葵不能理解地說：「你沒糊塗吧？
這兩個項目的土地馬上就要被收回去了，
沒土地的項目怎麼發展啊？難道你想建空中樓閣不成？」
傅華說：「當然不是了，
我是覺得這兩個項目還是有機會爭取留在我手裏的。」

兩人各自喝了一口酒，放下酒杯後，傅華對睢心雄說：「我知道您這次的計畫不僅僅是針對楊志欣而已，你的目標恐怕更多是放在天豐源廣場和豐源中心這兩個項目上，您能告訴我，您這次是在為誰爭取這個項目的啊？」

睢心雄看了傅華一眼，笑笑說：「怎麼，想從我這裏套取情報啊？」

傅華笑說：「按照您的說法，這件事現在已經到揭開底牌的時候了，天豐源廣場和豐源中心的土地馬上就會被國土局收回去，就算您現在不講，這家公司也將要浮出水面來的。」

睢心雄說：「我也沒說不講啊，其實這家公司你應該猜得到的。」

「我應該會猜到？」傅華歪著頭說：「這麼說，我知道這家公司囉？」

睢心雄點點頭說：「羅由豪的豪天集團你不會不知道吧？」

傅華聽了，笑說：「太知道了，羅由豪的女兒羅茜男，不就是您兒子的女朋友嗎？睢書記，您還真是肥水不落外人田啊。」

睢心雄說：「其實我並不太喜歡羅茜男這個女孩子，她太野了，沒有高芸身上那種大家閨秀的氣質。你應該也知道羅茜男的父親發家之前是做什麼的，睢家跟這樣一個家庭結親，是有辱睢家門庭的。」

傅華心中暗自好笑，睢心雄這傢伙還真是的，不論到了什麼時候都不忘做戲給別人看。明明是他兒子雎才燾利用了羅茜男，想借助姻親關係將國外的資金洗回國內，雎心雄卻能冠冕堂皇的把這說成是羅茜男高攀了他們雎家，真是有夠無恥的。

雎心雄繼續說道：「不過，羅茜男的商業眼光很不錯，正是她提醒我的，在阻撓楊志欣上位的同時，也可以把天豐源廣場和豐源中心給拿過來做。我想了一下，確實如此，這兩個項目都處在北京的核心地帶，發展前景很好，如果操作得當的話，利潤將會非常的可觀。正好羅茜男有意將豪天集團往房地產方面發展，我就想讓她先拿這個項目試試手。」

傅華沒想到這一次的對手居然是羅茜男，他對這個野蠻的女人很頭疼，上回他跟羅茜男在帝豪國際俱樂部鬧的那一齣，讓羅茜男對他恨之入骨，這次他又要跟羅茜男兩軍對壘，不知道羅茜男會怎麼報復他呢。

傅華說：「看來雎書記心裏是篤定能拿下這個項目了。」

雎心雄自豪地說：「那自然，如果我雎心雄連一個項目都搞不定，那豈不是也太沒本事了。」

傅華笑說：「您當然有這個本事，不過，我也不會就這麼輕易認輸的。」

睢心雄詭異地笑了起來，說：「那就有好戲看了，跟你說傅華，這個羅茜男不僅僅有眼光，心計也是一流的，她可是一個好對手，你們倆恐怕要來上一場龍爭虎鬥了。」

傅華處之泰然地說：「行啊，睢書記，我就等著領教您這位未來兒媳婦的手段了，希望她真的有您說的那麼厲害，畢竟跟一個實力相當的對手較量才有意思。」

睢心雄說：「你放心好了，羅茜男一定不會讓你失望的。」

吃完飯後，睢心雄下午還有會議要參加，就跟傅華道別離開了。

傅華本來想回辦公室辦公，但坐在辦公室裏，心總是有些煩躁，靜不下來，他知道病根在什麼地方，就抓起電話打給馮葵。

馮葵接了電話，笑說：「你找我有事啊？」

傅華說：「你在幹嘛？」

馮葵說：「沒事，剛吃過午飯，正在想接下來要幹點什麼好呢。」

傅華笑笑說：「那別想了，我一會兒過去。」

馮葵愣了一下，說：「怎麼，你不因為老大的事難過啦？」

傅華說：「日子總是要繼續的嘛。」

馮葵聽了，立即說：「那你還等什麼，還不趕緊給我滾過來?!」

傅華去了馮葵的家，進門後，就一把把馮葵拉了過來，想去吻她的嘴，馮葵卻不甘就範，頭往後仰了一下，讓傅華撲了個空。

傅華不解地看著馮葵說：「你怎麼了？」

馮葵俏皮的說：「別這麼猴急，現在你是完全屬於我的，再沒有別的女人來跟我分享你了，我要好好的享受這一刻。」

馮葵說著，雙手捧住了傅華的臉，嘴唇慢慢的貼在傅華的嘴上，將香舌伸出來挑逗地舔傅華的嘴，然後馬上就把香舌收了回去，就好像在品嘗傅華的味道一樣。

傅華本來就已經欲火中燒，馮葵這個舉動越發讓他控制不住自己，他往前一探，想有進一步的動作，沒想到馮葵早有防備，讓開了傅華，然後說：「別亂動，跟你說了我要享受這一刻，所以必須我來掌控才行。」

傅華猴急地說：「你這個小妖精，你要急死我啊？」

馮葵笑說：「我才不管你急不急呢，急也得給我忍著，反正這一刻你必須要聽我的才行。現在給我閉上眼睛。」

傅華忍不住說：「你到底要搞什麼花樣啊？」

馮葵眼睛瞪圓了，說：「還不趕緊閉上眼睛？想不聽我的話嗎？」

傅華只好閉上了眼睛，說：「我倒要看看你想搞什麼花樣。」

馮葵說：「先警告你啊，不准亂動，否則我就不理你了。」

馮葵說完，傅華感覺到馮葵的嘴唇再度貼緊了他的嘴，香舌微微輕挑，就進入他的嘴裏輕輕地碰觸著他的舌尖。馮葵的動作極為輕微，就像一個情竇初開的少女初次吻她心儀的情郎一樣。

這種感覺把傅華撩撥得心癢癢的，偏偏他受過警告，不敢再有什麼妄動的行為，生怕惹惱馮葵真的不理他，所以只敢輕柔的回應著馮葵的香舌。

糾纏了一會兒之後，傅華再也忍不住欲望，便雙手一用力，攔腰把馮葵給抱了起來，就往臥室走，這一次馮葵沒再阻止他，任由他把她抱進臥室。

傅華把馮葵扔到床上，迅速褪去馮葵身上的衣物，便撲了上去。兩人經過一段時間的小別，此刻重新在一起，都有一種別樣的甜蜜，在耗盡渾身的氣力之後，兩人相擁著癱軟在一起。

馮葵伸出手來輕輕地撫摸著傅華臉上的鬍鬚，疼惜地說：「你的鬍子該刮了，都有點扎人了。」

傅華打趣說：「這可是做老婆的女人才愛管的事，你這麼說，難道說是想做我的老婆嗎？」

馮葵反問：「難道不可以嗎？」

傅華說：「我當然沒問題，關鍵是你過得了你父親那一關嗎？」

馮葵的臉色黯淡了下來，傅華看她這個樣子，心裏不免有些愧疚，說：「小葵，我已經在努力了，只是不知道你父母究竟想要給你找個什麼樣的男人啊？」

馮葵凝視著傅華，笑說：「怎麼，想做馮家的女婿啦？你說你在努力了，你都努力了些什麼？」

傅華說：「這幾天我做了一件事，還沒來得及跟你說呢，我已經是一家公司的董事長了。」

馮葵意外地說：「開什麼玩笑？才這麼幾天你就成董事長了？」

傅華正色說：「我沒跟你開玩笑，洪熙天成財貿有限公司和海川市駐京辦合資成立了熙海投資有限公司，我有幸擔任這家公司的董事長。」

「董事長？」馮葵詫異地說：「你們駐京辦出了多少錢讓這間公司同意你做董事長啊？你們駐京辦這點資金實力都能讓你做董事長，可見這個熙海投資也沒多大的實力吧。」

傅華得意地說：「這你就錯了，熙海投資的資本有三千萬，剛剛又買下了天豐源廣場和豐源中心，準備發展這兩個項目，這個實力應該夠了吧？」

「熙海投資買下天豐源廣場和豐源中心這兩個有名的爛尾項目幹什麼啊？你不會這麼傻吧？這兩個項目可是有著大把的麻煩。」馮葵不禁分析起來：「不對，你應該不是想發展這兩個項目，你這是在幫人解圍吧。這兩個項目原來是屬於天豐置業的，天豐置業是豐湖省的國有公司，我懂了，你這是在幫楊志欣解圍吧。」

傅華佩服地說：「小葵，你對北京形勢掌握的還真是清楚啊。」

馮葵搖頭說：「不用說，成立熙海投資的錢肯定是胡叔的了，你這是被他當槍使啊，何苦來哉？你不知道外面都在傳國土局現在有意要收回這兩個項目的土地嗎？」

傅華說：「這個我知道，這個說法不是傳說，而是事實。中午我跟睢心雄一起吃飯，他說國土局已經決定將這塊土地收回去了。」

馮葵說：「這不就結了?!其實你沒必要蹚這灣渾水，胡叔要想幫楊志欣解圍，讓他找別人解去好了，你沒必要出這個面，這樣子，你又把睢心雄得罪了，他跑你那兒，應該是去對你興師問罪的吧？」

傅華說：「沒有，他想收買我，要我退出熙海投資，被我拒絕了。其實我參與這件事有兩個原因，一個當然是為了替楊志欣解圍，另一方面，這兩個項目還是大有可為的，我想借此做點事業出來。」

馮葵不能理解地說：「你沒糊塗吧？這兩個項目的土地馬上就要被收回去了，沒有土地的項目你怎麼發展啊？難道你想建空中樓閣不成？」

傅華說：「當然不是想建空中樓閣了，我是覺得這兩個項目還是有機會爭取留在我手裏的。」

馮葵質疑說：「留在你手裏？怎麼留啊？你要跟國土局鬥法嗎？那你的勝算可是很低的；而且，就算是你鬥贏了國土局，也等於徹底得罪了國土局，他們一定會在你發展這兩個項目的過程中給你製造麻煩的，那時候，你恐怕還是無法發展好這兩個項目。」

傅華說：「小葵，你想過沒有，如果勝算大的話，這兩個項目也沒我什麼事了。我這麼做也有搏一把的想法，贏了，就賺到了；輸了，我也沒損失什麼。」

馮葵搖頭斥責說：「重點是你現在拿到項目沒什麼用啊，你根本就保不住它們。」

傅華樂觀地說：「這就很難說了，不試試看，又怎麼知道保不保得住呢？」

馮葵不以為然地說：「現在土地馬上就會被沒收，結果是你完敗給睢心雄，成為輸家。」

傅華說：「你這個看法我無法苟同，土地被沒收並不意味著我就完敗，難道我就不能找到機會扳回這一局嗎？」

馮葵笑了起來，說：「想得美，北京這地方還輪不到你來撒野，國土局絕對不會聽憑你把沒收土地的決定給推翻的。」

傅華老神在在地說：「我不用他們推翻沒收土地的決定，我只需要一段足夠的時間就好了。」

「足夠的時間，」馮葵看了傅華一眼，問道：「什麼足夠的時間啊？」

傅華說：「我在跟他們賭楊志欣的未來發展，這次全代會高層換屆，我認為楊志欣很可能會上一步，只要楊志欣能夠上這一步，借助楊志欣的力量，土地被收回這個決定就一定會被翻案，所以我現在要做的，就是想辦法阻止這塊土地重新被出讓，避免項目再過一手之後無法拿回來。」

馮葵聽了說：「你打算的倒是很好，不過，恐怕事情未必會像你想的那樣去發展啊，所以說這是一件很難完成的事情。傅華，你不會是因為我的緣故才想這麼做的吧？」

傅華說：「也有一點吧，小葵，我不想看你為難的樣子。我很享受我們在一起的時光，不希望你和我在一起會成為你的負擔，所以我很認真地思考，會不會我做出一點像樣的事業來，你的父親就會接納我了。」

馮葵嘆了口氣說：「要做一個馮家人是很難的，並不是有點事業就會被接納，必須在各方面都要出類拔萃才行。」

傅華看了馮葵一眼，開玩笑說：「看來我還不夠格了。小葵，其實我們做我們自己就好了，如果你願意的話，我可以娶你做我的妻子，而不是去做什麼馮家的人。」

馮葵為難地說：「行不通的，對你，也許馮家不算什麼；但對我來說，馮家是深植於我骨髓間的東西，與生俱來，無法放棄，提起馮家，我心中就有一種油然而起的自豪感。」

傅華默然了，這時他才發現他跟馮葵之間無法改變的鴻溝；他們在一起很快樂不假，但是身分與血統的差距卻不是靠一時激情就能忘記的，這也註定了他們的未來充滿了悲觀與變數。

海川，市政府辦公大樓，姚巍山辦公室。

何飛軍坐在姚巍山的對面，兩人正在聊著化工賓館流拍事件的調查結果。一切都按照兩人的預期在進行，責任歸結到了簡京身上。

何飛軍得意地說：「我們的孫書記如果看到這個調查結果，八成會氣爆肚子的。他本來想要利用您來對付我，結果卻把責任歸到了無關緊要的簡京身上了。」

姚巍山冷哼道：「他以為他很聰明，想要我們鷸蚌相爭，好撿便宜，哪知道我們也不是傻瓜，哪會任由他來擺佈啊。」

何飛軍點點頭說：「是啊。姚市長，我最近聽到一件事，與你有關，感覺有點不太對勁。」

姚巍山說：「老何，有什麼話直說好了，是什麼事啊？」

何飛軍爆料說：「最近海川政壇上流傳著關於您的許多風言風語，一是您找尹章拍宣傳片的事，說那部片子的製作費根本就不需要一千萬那麼多，其中一大部分都被你裝進腰包裏了。」

姚巍山惱火地問：「老何，你從哪裏聽到這些謠言的啊？」

姚巍山一來就把這些傳言定位為謠言，是想否認這些傳言的真實性，形象宣傳片是他打算用來作為政績宣傳的，正想在市政府工作報告裏面大肆宣揚一番呢。

何飛軍說：「說這件事的人很多，具體的源頭是從誰那兒傳出來的，我也不知道。」

姚巍山不滿地看了何飛軍一眼，這個何飛軍難道不知道這些傳言對他的傷害嗎？也不會主動幫他調查一下傳言的來源，真是的！

跟何飛軍聯盟，雖然避免了何飛軍向他鬧事的危機，但是卻把孫守義給狠狠得罪了。孫守義也是明眼人，看到何飛軍和他相安無事，心中自然猜到了兩人的結盟，因此這段時間，孫守義見了他都是愛理不理。

以前，孫守義很多事情都會跟他交流，使他對海川政壇的大小事情瞭若指掌，現在孫守義不跟他溝通了，搞得姚巍山就像眼瞎耳聾一樣，對外界的很多情況都在狀況外，就像何飛軍說的這些傳言，他根本就不知道。

現在姚巍山知道了，卻比不知道更難受，要是之前，他會馬上就把這件事彙報給孫守義，然後兩人商量怎麼處理，但是現在他無法跟孫守義討論，這一切都是因為眼前這個無賴，讓他不禁後悔跟何飛軍聯盟了。

姚巍山說：「還有一件事呢？」

何飛軍說：「有人說你那位朋友，叫做李衛高的，是個江湖騙子、江湖神棍……」

「胡說！」姚巍山聽到這裏，再也忍不住了，一拍桌子站了起來，叫道：「這些人真是豈有此理，李先生只不過是我一位很好的朋友罷了，什麼江湖騙子、江湖神棍，根本就是污蔑。」

何飛軍看出姚巍山這是被踩中了七寸的要害，所以才會這麼氣急敗壞。可見外界的傳聞恐怕都是真的。

何飛軍才巴結上姚巍山這個新靠山，可不想看到這個靠山因為沒選上市長，從而灰溜溜的離開海川，因此提醒姚巍山說：「姚市長，您先別發火，眼前的當務之急，是趕緊想辦法阻止謠言的傳播，如果任其發展，將會給你的聲譽造成極壞的影響，最終很可能會影響到您的市長選舉的。」

姚巍山心說：這不是廢話嗎？我當然知道一直讓謠言就這麼傳播下去的話，對我的市長選舉很不利，我也想阻止，關鍵是怎麼去阻止啊？難道說我還自己出面，去對大眾宣稱這兩件事並不是真的?!就算這麼說，也沒人相信不是?!

姚巍山就問計說：「老何，你覺得我現在應該怎麼辦呢？」

何飛軍一時間也沒有主意了，隨口說道：「姚市長，要不您找找孫守義看看？」

姚巍山一聽，更不高興了，就說：「老何，你這不是胡扯嗎？這時候我去找孫守義幹什麼啊，他心裏巴不得看我的笑話呢，難不成你還要讓我送上門去被人羞辱嗎？」

何飛軍搖搖頭說：「姚市長，我沒有羞辱您的意思，我是真的認為您該去找孫守義解決這個問題的。我覺得孫守義這時候根本不敢看您的笑話，你想，他是市委書記，有完成上級交代任務的責任，您這個代市長可是省委安排的，難道他敢看著您市長落選，打省委的臉嗎？」

姚巍山愣了一下，想想何飛軍說的也對，孫守義是個很精明的人，應該不會公私不分才對。

姚巍山點了點頭，說：「老何，你說的也不無道理。不過孫守義應該已經猜到你和我聯盟的事，我在這時候去求他，似乎有點尷尬啊？」

何飛軍笑了起來，說：「這有什麼尷尬的，我們聯盟的事又沒有公開，您也沒有公開的跟他唱對臺戲，你去跟他談選舉的事，也就是在談工作上的事而已。」

姚巍山擔心的說：「如果孫守義拒絕幫我呢？」

何飛軍發狠說：「他敢！如果他敢拒絕幫您的話，那您就把這件事跟省委反映，說孫守義不支持您的市長選舉工作，看他怎麼跟省委交代。」

姚巍山想了想，覺得何飛軍所說未嘗不是一個解決問題的辦法，便說：「老何，你說的很有道理。既然這樣，事不宜遲，我馬上就去找孫守義。」

孫守義接到姚巍山打來的電話，問他有沒有時間，說有事要跟孫守義彙報，孫守義臉上浮起了笑容，他早就在等姚巍山打這通電話了。從他讓單燕平散佈姚巍山那兩件醜事的時候，他就知道姚巍山遲早會向他求援的。

孫守義就笑了一下，說：「我現在有時間，你過來吧。」

神情沮喪的姚巍山沒幾分鐘後就出現在孫守義的辦公室，孫守義看他來得這麼快，不禁暗自好笑，這傢伙求人的時候就是不一樣，說來馬上就來了。

孫守義指了指面前的位子，說：「坐吧，老姚。」

姚巍山坐到孫守義對面的位置上，孫守義說：「你這麼急找我，有什麼事啊？」

姚巍山說：「孫書記，是這樣子的，化工賓館流拍的調查結果已經出來了，我想跟您彙報一下。」

姚巍山是想以化工賓館流拍事件作為談話的引子，然後順帶提到那些謠言，看看孫守義的態度如何。

孫守義的回應很簡單，只是哦了一聲，就不再說話了，也沒說要不要聽姚巍山彙報，搞得姚巍山說也不是，不說也不是。姚巍山心裏暗罵孫守義不是個東西，這不是故意讓他難堪嗎?!

不過姚巍山是來求助的，不好發作，只好硬著頭皮說下去：「調查結果是這樣的，相關的調查顯示，簡京同志對此負有不可推卸的責任……」

孫守義仍是表情淡淡的，連個反應都沒有，把姚巍山搞得越發尷尬。

姚巍山乾笑了一下，說：「孫書記，您對市政府此次的調查結果可有什麼意見?」

孫守義面無表情，公式化地說：「我尊重市政府方面做出的調查結論。好了，老姚，我一會兒還有個活動要參加，不能跟你繼續聊了，我們的談話就到這裏吧。」

姚巍山一陣錯愕，他真正想要談的事還沒談呢，孫守義卻下逐客令了，當下愣在那裏。

孫守義看姚巍山坐在那裏不肯走，心裏不由得暗自好笑，說：「老姚啊，你的意思我都明白，就這樣吧。」

姚巍山只好說道：「孫書記，我還有件事情要跟您談……」

孫守義覺得憋姚巍山憋得還不夠，假意催促說：「老姚，有什麼事我們回頭再談好不好？我真的趕時間。」

姚巍山這時候也顧不得顏面了，苦笑了一下說：「孫書記，我的事情真的很急，外面有人在編造我的謠言，污蔑我貪腐，還說我跟神棍往來密切。我懷疑這些人的用意歹毒，他們是想破壞我這次的市長選舉。」

孫守義冷冷地說：「老姚，既然是謠言，你就不用擔心了，所謂謠言止於智者，我們應該相信這個社會上，有理智的人還是占大多數的，所以你不用擔心。」

姚巍山心裏大罵：孫守義！你這個混蛋，我如果不用擔心，又何必這麼低聲下氣的來求你啊？

姚巍山強壓住心頭的怒火，說：「孫書記，我覺得事情沒有那麼簡單，外面傳的這些事雖然不是事實，卻都有一些真實的事件摻雜其中，我怕一些不明真相的市民會信以為真，對我產生很大的誤會。」

孫守義假意地說：「這倒也是，如果純屬謠言倒不可怕，怕就怕這種真假摻半的。老姚，你覺得我們要怎麼應對這件事啊？」

姚巍山求助說：「孫書記，我現在心中也沒有主意啊。」

孫守義故意說：「要不市委市政府聯合出面，幫你闢一下謠？」

孫守義這麼說，差點沒把姚巍山的鼻子給氣歪，他心說：孫守義，你是不是故意的啊？這是想害我啊?!你說的辦法管用嗎？現在的官方闢謠不但起不到闢謠的作用，反而會適得其反，因為一些本來不知道這件事的人看到官方的闢謠，反而會想辦法瞭解事情的經過，這樣更會加速謠言的傳播。

姚巍山面有難色地說：「孫書記，闢謠沒用的，您又不是不知道現在老百姓有幾個相信官方說法的？」

孫守義饒有深意地看了姚巍山一眼，說：「這倒也是，很多官員行為不夠檢點，導致老百姓對我們產生了嚴重的不信任感，這很值得我們這些做領導的深思啊。」

姚巍山沒好氣地說：「孫書記，深思的事我們暫且放一放再說行嗎？我現在急切的是想解決市長選舉的問題，如果這件事情處理不好，我會在海川無法立足的，所以拜託您幫我想想辦法好嗎？」

孫守義看姚巍山苦苦央求的表情，知道火候差不多了，便眉頭一皺說：「老姚，你先別急，事情總歸是有辦法解決的。重點是你要找到問題的癥結在什麼地方，找到了癥結，問題就會迎刃而解的。」

姚巍山苦著臉說：「現在就麻煩在我不知道問題的癥結所在，我不知道是誰在背後散佈這些謠言的。」

孫守義語帶暗示說：「你找不到問題癥結，那是因為你把事情想得太過複雜了。」

姚巍山困惑地說：「您說我把事情想得太過複雜，這是什麼意思啊？」

孫守義說：「有句話說得好，這世界上沒有無緣無故的愛，也沒有無緣無故的恨。如果真像你說的那樣，有人在背後散佈謠言針對你，最簡單的原因就是你什麼地方得罪他了。你好好想一想，最近你做過什麼事？得罪過什麼人？」

姚巍山心說：如果說得罪了什麼人，那就是你了。難道你是在暗示我，是你在背後跟我搗鬼的？要是這樣子的話，你也太陰險了吧？

姚巍山百思不解地說：「孫書記，我來海川之後，一直謹守本分，並沒有做過什麼得罪人的事情啊。」

孫守義聳了聳肩說：「老姚，你這麼說我就幫不了你了，現在只要做事，哪有不得罪人的啊？到了這時候你還不坦誠，我就是想幫你也不知道該怎麼幫啊。」

孫守義的話，讓姚巍山心中的火氣騰地一下冒了上來，心說：孫守義！你個混蛋，耍人也沒這麼耍法的吧？你這麼說就是想逼我承認跟何飛軍勾結的事了。媽的，老子就是跟何飛軍勾結了，你要怎麼樣吧？

想到這裏，姚巍山就想跟孫守義翻臉，正準備脫口罵孫守義時，腦海裏忽然想起了一件事，於是趕緊把還沒罵出口的話給咽了回去。

孫守義看著姚巍山臉上的表情變化，知道姚巍山終於想到單燕平了，就說：「別急，老姚，你慢慢說，你想起什麼事了？」

姚巍山說：「我想起來了，這段時間我還真是得罪過一個人，如果是什麼人在背後針對我的話，那應該就是這個人了。」

孫守義故作不知情的問道：「究竟是誰啊？」

姚巍山說：「是興海集團的單燕平，她那次找到我，想要談灘塗地塊土地出讓金的事，結果被我毫不客氣的拒絕了，我想一定是單燕平在背後搗的鬼，來報復我的。」

「單燕平？」孫守義反問：「你肯定在背後搗鬼的人是她嗎？如果真的是她，破壞選舉可是很嚴重的罪行，我可以讓相關部門馬上對單燕平展開調查，把事情給查個一清二楚，還你清白。」

姚巍山臉上的肌肉抽動了一下，他怎麼敢讓相關部門對單燕平展開調查啊？單燕平在外面傳播的那兩件事根本就是事實，要是被公諸於眾，他這個代市長也就幹到頭了。

姚巍山自然不願意相關部門介入，無奈地說：「孫書記，我也無法肯定是單燕平在背後搞鬼，所以您暫且還是不要讓相關部門介入調查好了。」

孫守義故意說：「老姚，這可是能解決這個問題唯一的辦法，你不讓相關部門介入，我就無法幫你解決這個問題了。」

姚巍山趕忙婉拒，說：「還是不要了。行了，孫書記，我心裏有了解決問題的大體思路了，您不是還急著去參加活動嗎？」

第二章

玩火

孫守義等於是在玩火，
稍有控制不住，就可能毀掉姚巍山的市長選舉。
孫守義這麼做是為了幫助單燕平減低土地出讓金。
目前來看，這個目的似乎是達到了。
這就更蹊蹺了，孫守義為什麼非要幫單燕平呢？

北京，海川大廈。

單燕平走進傅華的辦公室。

傅華看到她，招呼說：「老同學，什麼時候到的？」

單燕平興沖沖地說：「昨晚到的。誒老同學，你猜一下，我來你這之前做了什麼？」

傅華想了想，上次單燕平來北京的目的之一，就是考察興海集團總部的選址，此刻單燕平這麼興奮，一定與此有關，就笑笑說：「你不會是敲定好興海集團總部的位置了吧？」

單燕平埋怨說：「你這傢伙總是這麼聰明幹什麼啊，你就不能配合我一下，等著讓我來揭開謎底啊？」

傅華笑說：「謎底也沒全揭開啊，我還不知道你究竟選在什麼地方呢。」

單燕平得意地說：「新鴻翔大廈十七層，怎麼樣，我選的這個位置可以吧？」

傅華聽了說：「簡直太可以了，新鴻翔大廈是北京新的地標建築，在那座大廈辦公的可都是一流的公司，老同學，你選這個地方真是很有眼光。」

單燕平嘆說：「好是很好，不過租金也好貴啊，貴得讓人咋舌，我在租約合同上簽字的時候，心都有點疼呢。」

傅華笑了，說：「老同學，你這種想法可要不得，這裏是什麼地方，皇城根啊，寸土寸金！到了北京就要有北京的思維，你如果還用在海川的思維來考慮問題，那我勸你別在北京待著了，趕緊回海川吧。」

單燕平笑笑說：「我只不過是抱怨一下租金太貴而已，可沒打算打道回府，北京這地方租金貴，自然是有租金貴的道理，它能帶來的效益也是海川根本無法比的。」

傅華不禁感慨說：「我挺佩服你的，老同學，這麼快就把興海集團的業務擴大到了全國範圍，了不起啊。」

「佩服我？」單燕平搖了搖頭，說：「老同學，你只看到我風光的一面，沒看到我難為的一面。」

傅華看了單燕平一眼，笑說：「不是吧，老同學，你現在總部要搬到北京來了，灘塗地塊你也拿到手了，正是順風順水的，有什麼難為的一面啊？」

單燕平大吐苦水說：「事情哪有你想的那麼簡單啊？就說灘塗地塊這個

項目吧，拿到手首先就要繳清一大筆的土地出讓金。最近我又要搬遷總部，資金鏈就有些緊繃，本來我想跟姚巍山商量一下，少交點出讓金或者用分期付款的方式，但這傢伙對付中儲運東海分公司沒什麼本事，對付我本事就來了，非要我一次付清不可，一點商量的餘地都沒有。」

傅華笑說：「中儲運東海分公司可是中字頭的公司，姚巍山不敢輕易開罪他們，但你就不同了。」

單燕平氣憤地說：「是啊，興海集團目前不過是起步於海川稍具規模的公司而已，姚巍山狗眼看人低，自然是來欺負我了。等著吧，日後我會讓他知道我單燕平不是那麼好惹的。」

恰在此時，單燕平的手機響了起來，看了看號碼，單燕平忍不住說：「姚巍山這傢伙是不是有順風耳啊，要不然怎麼我剛說了他的壞話，這傢伙的電話就追了過來。」

傅華笑說：「他應該是找你有什麼事吧，你還是趕緊接吧，這些大老爺們可是不好伺候的。」

單燕平接通了電話，說：「誒，姚市長，您找我有什麼指示啊？」

姚巍山說：「單董，我有點事需要跟你當面談一下，你現在在哪裡啊？」

單燕平說：「不好意思啊，姚市長，我人在北京呢。」

「在北京？」姚巍山遲疑了一下，說：「你真的在北京嗎？」

單燕平有些不高興地說：「姚市長，難不成我會騙您嗎？」

姚巍山趕忙解釋說：「我不是那個意思，我是有些事需要儘快跟你溝通一下，聽你現在在北京，心裏就有些著急。」

單燕平猜想一定是她按照孫守義的安排所做的事情開始起作用了，所以姚巍山才會主動找上門來要跟她面談。

單燕平暗自好笑，心說你也是活該，我求你的時候，你跩得跟什麼似的，還跟我打官腔，說什麼沒有商量的餘地，現在可好，換你求我了，我不拿你好好出口惡氣才怪呢。

單燕平因為已經將總部遷來北京，對海川的依賴大大的降低，因而毫不畏懼姚巍山，笑了笑說：「姚市長，我們之間好像沒什麼事情需要交流的吧？」

姚巍山心裏罵了句娘，這個臭女人居然跟我擺起架子來了，你忘了求我減少土地出讓金的時候了?!不過人在屋簷下，不得不低頭，姚巍山深吸了口氣，平復一下情緒，然後說：「單董啊，話可不能這麼說，興海集團也是海川的企業之一，我身為海川市的代市長，有為你們提供服務的職責，因此我們之間可以交流的事情多著呢。」

單燕平諷刺說：「姚市長，我記得您對我們把總部遷到北京有很大的意見，一個不友好的主政者對企業的發展是很不利的，實際上，我正在考慮是不是把興海集團全部從海川市搬出來呢。」

姚巍山心說：你如果真的離開海川還好了呢，我就不用擔心你興風作浪了。嘴上卻說：「單董啊，看你這話說的，興海集團是從海川市起步的，根基就在海川，你怎麼能連根基都不要了呢？再說，我什麼時候對興海集團不友好了啊？我對海川的企業一向都很關心，興海集團是海川企業的翹楚，我更是呵護備至的。」

單燕平絲毫不讓地說：「姚市長，我可記得您對海川本土企業的態度可是不如外來企業好。」

姚巍山乾笑了一下，說：「單董，你這麼說就對我不公平了，那天你跟我提了一下降低土地出讓金的事，當時我確實是拒絕了你，因為牽涉到政策規定，我不能隨隨便便的就答應你。事後我想了一下，一個企業能發展起來很不容易，作為地方上的主政者，我覺得應該對本土企業多多扶持才對，所以我已經指示海川市有關部門，對降低土地出讓金的事進行研究，讓他們拿出一個對企業發展有利的方案來。」

姚巍山示好地說：「我想跟你交流一下，就是為了這件事，現在市裏已經有了初步的方案，我想徵求一下你對這個方案的意見。」

單燕平早就猜到姚巍山找她會是為了這件事，一想到這個傢伙將來要做海川市的市長，單燕平就一陣反感，恨不得把姚巍山的醜事大肆宣傳，把市長選舉給徹底攪黃。

然而，單燕平畢竟是個精明的商人，獲取利益比幹掉姚巍山來得更為重要。再說，孫守義當初授意時，只讓她解決土地出讓金的問題，並沒有說要她搞掉姚巍山，就笑了笑說：「原來都是我不好啊，誤會姚市長了。這樣吧，我今天晚些時候就會回海川，明天我親自登門拜訪您，您看行嗎？」

此刻姚巍山對單燕平的忍耐已經到了一個極限，單燕平如果還跟他對著幹的話，他肯定要爆發了，幸好這個臭女人還算知趣，他自然見好就收。

姚巍山便說：「那我明天就恭候單董大駕了。」

姚巍山說完收了線，單燕平歉意地看了一眼傅華，說：「本來還想在北京多待幾天的，這下子，姚巍山這傢伙找我，我晚上就得趕回海川。」

傅華在一旁大致聽明白了姚巍山和單燕平之間的糾葛，暗自心驚，姚巍山絕不會無緣無故就向單燕平低頭的，一定是單燕平有什麼地方讓姚巍山感到害怕了，而目前最讓姚巍山害怕的就是市長選舉了，單燕平一定是在這方面做了什麼。

沒想到搗亂姚巍山市長選舉的，居然是他眼前的這位老同學。

就傅華對單燕平的瞭解，單燕平雖然做生意精明，但不代表她就有玩這種政治把戲的足夠實力；然而單燕平卻玩得很到位。傅華認為單燕平背後一定受某些不願意露面的人指點。而這個不願意露面的人，傅華推測這個人很可能就是孫守義。

只是孫守義為什麼要這麼做很令傅華困惑，這等於是在玩火，稍有不慎，一個控制不住，就可能毀掉姚巍山的市長選舉。這在作為選舉負責人之一的市委書記身上發生，很不合邏輯。

孫守義這麼做的原因，似乎是為了幫助單燕平減低土地出讓金。目前來看，這個目的是達到了，這就更蹊蹺了，孫守義為什麼非要幫單燕平呢？

單燕平姿色平平，以孫守義選擇女人的眼光來看，單燕平根本就不入眼。但除了姿色之外，孫守義實在是沒有什麼理由來幫單燕平跟姚巍山作對啊？除非單燕平是孫守義對付姚巍山計畫中的一環，孫守義還埋有對付姚巍山的後招，否則這件事實在很難解釋。

因為行程縮短，單燕平還有不少的事情要趕緊處理，就沒在傅華這裏多做耽擱，匆匆忙忙的離開了。

送走單燕平之後，傅華就去北京市工商局，為熙海投資辦理工商註冊手續。雖然傅華把一些事情交給了代辦公司去負責，但是有些手續還是需要他親自出馬才行。

工商局的註冊大廳十分熱鬧，負責的人員認真的找出手續中的問題，傅華費了不少勁才把手續給辦完。

正式的營業執照還需要過一段時間才能下來，不過熙海投資算是有了正式的身分了。傅華在網上發佈了招聘廣告，好將該有的職員備齊。

傅華從工商局出來正要上車，他的手機響了起來，竟然是湯言的妹妹湯曼打來的。傅華跟湯曼曾經發生過尷尬的事，而湯曼跟鄭莉又算是好朋友，為了避嫌，兩人就有些疏遠，已經很久都沒有聯絡。

傅華有些納悶湯曼找他是為了什麼，就接通電話，說：「小曼，找我有事啊？」

湯曼笑笑說：「是啊，傅哥，你怎麼不在海川大廈啊？」

傅華說：「我正在工商局辦註冊手續呢。」

湯曼聽了說：「是熙海投資的註冊手續吧？」

「是啊，你怎麼知道熙海投資的？」傅華詫異地說。

湯曼說：「我看了網上的人事招聘廣告，我想應徵。」

傅華愣了一下，他沒想到湯曼會提出這個要求。傅華並不想接受，便說：「小曼啊，你怎麼突然想要來應徵工作，你不是在你哥那裏做得挺好的嗎？不會是跟你哥發生什麼矛盾了吧？」

湯曼笑說：「我跟我哥沒發生什麼矛盾，只不過他那裏的工作只是關於證券方面的，範圍太窄了，我有點厭倦，就想換個環境，正好看到熙海投資的徵人廣告，就想來應徵啦。」

傅華心說：你想換環境我不反對，不過也別換到我這兒來啊，以你父親和你哥的人脈關係，想換什麼環境沒有啊?!

湯曼有些撒嬌地說：「傅哥，我們也算是老朋友了，你會優先錄用我吧？」

傅華顧左右而言他地說：「小曼，別開玩笑了，你的水準我知道，到哪裡去應徵都是沒問題的。」

湯曼聽了說：「那就是說，你錄用我了？」

傅華為難地說：「小曼，別鬧了，你不適合來我這兒工作的。你如果想換環境可以啊，我可以找朋友幫你介紹更好的工作。」

湯曼固執地說：「我不要什麼更好的工作，我就想進熙海投資。我知道你介意什麼，不過事情已經過去那麼久了，我都早放下來了，為什麼你還不把它放下呢？」

傅華心想：你可以不在乎這些流言，但是你的家人能不在乎嗎？便婉轉地說：「小曼啊，熙海投資是一家剛組建的公司，要做的事情很多，萬事開頭難，公司將會有一段相當艱難的時期，你來這個公司工作，會吃很多苦的，還是不要來了。」

傅華看正面說服不了湯曼，就想從工作難處著手，希望讓湯曼知難而退。然而湯曼卻絲毫不以為意地說：「我可不是什麼千金大小姐，吃點苦我不怕。」

傅華嚇唬湯曼說：「你不怕吃苦也不行啊，你不知道熙海投資的前景很不妙，這家公司成立是基於天豐源廣場和豐源中心這兩個項目的，現在國土局準備將這兩個項目的土地收回去，到時候土地沒了，項目也就無法發展，熙海投資很可能就會解散的。」

湯曼笑說：「傅哥，你別找藉口嚇我了，不說別的，就說你吧，難道你能坐視公司就這麼垮掉嗎？你如果能就這樣讓公司垮掉的話，也不會辛苦的去辦什麼註冊了。再說，公司有麻煩也是好事啊，我們正好努力將麻煩給解決掉。」

傅華看無法說服湯曼，只好坦白說：「好了，小曼，你找再多的理由也沒用，我是不會同意你來熙海投資工作的。」

湯曼有點急了，說：「傅哥，你這就不講道理了吧？你憑什麼這麼對我啊？我不就是想換個工作環境嘛，你有必要緊張到這個程度嗎？」

傅華苦笑了一下，說：「小曼，我這麼做是為你好。」

湯曼耍性子地說：「我不需要你為我好，我就想在熙海投資工作。」

傅華堅決地說：「你不要想了，我絕對不會答應的。」

湯曼哼了聲說：「我現在在你辦公室呢，你不答應，我就耗在你辦公室不走，看你到底答不答應。」

傅華說：「你耍無賴也沒有用，你願意在我辦公室等，就等下去好了，反正我是絕不會答應的。」

傅華說完就掛了電話，不想再跟湯曼糾纏下去了。

傅華上了車，發動車子準備離開，這時手機再次響了起來，這次居然是湯言打來的。

傅華立馬表態說：「湯少，我知道你是擔心湯曼應徵熙海投資的事，你放心好了，我絕對不會聘用她的。」

沒想到湯言竟說：「為什麼不用她啊？難道說我妹妹不夠優秀？」

傅華被說愣了，不禁說：「湯少，你這話是什麼意思啊？難道你想讓你妹妹到我身邊來工作嗎？我知道你是知道的，我和湯曼發生的事你是知道的，我可不想再給她造成什麼傷害。」

湯言說：「那件事我們都知道是方晶設計出來的，誰都沒怪過你，你就不要再介意那些往事了。小曼跟我說她想要去熙海投資工作，我認為沒什麼啊。」

傅華說：「湯少，熙海投資還什麼都沒有，可不比你的證券公司，你放心讓她來？」

湯言笑說：「她如果受不了苦，自己就會離開的，這你就不用操心了，你就給她個機會吧，傅華。」

傅華困惑地說：「湯少，我真是搞不懂你啊，你也知道那件事網上炒得沸沸揚揚的，你讓小曼來我身邊工作，對小曼的影響是很不好的，為什麼你還同意她這麼做呢？」

湯言坦承說：「那件事其實是我惹的禍，卻讓小曼替我遭殃了，我心裏對她一直有愧疚感，所以她跟我提出這樣的要求，我無法拒絕。反正你公司新創，也需要一個信得過的人，小曼不正是一個合適的人選嗎？」

這個理由倒是讓傅華有些動心了，公司新建，人員都是新招聘的，確實是需要有幾個他信得過的人才行。傅華就說：「好吧，湯少，你讓我先跟小曼談一談，等談完，我再決定要不要用她好嗎？」

湯言說：「行啊，你去談吧，你能說服她是最好了，反正我是無法說服她的。」

傅華回到駐京辦，就見湯曼果然正坐在辦公室等著他呢。

看到傅華回來，湯曼說：「我哥給你打電話了？」

傅華點點頭：「是，你哥給我打電話了。」

眼前的湯曼除了美麗之外，又多了幾分知性和幹練，顯然在湯言手下這段時間的磨練，變得更加成熟。

湯曼笑說：「我知道你是擔心我哥會不同意這件事，現在他那邊沒什麼問題了，是不是我就可以來熙海投資上班啦？」

傅華說：「小曼，你先別急，我要跟你好好談一談。」

湯曼眨著美麗的大眼，說：「傅哥，你要跟我談什麼？」

傅華嚴肅地說：「我想跟你談一下熙海投資的由來。熙海投資的成立並不是單純的商業行為，裏面牽涉到很多複雜的因素，特別是一些政治人物的爭鬥，所以工作的內容也不僅僅限於商業的範疇；對手為了打敗我們，什麼卑劣的手段都可能使出來，所以你要考慮清楚……」

傅華看了看湯曼的表情，本來他以為湯曼會被嚇到，從而改變心意，結果他在湯曼臉上看到的卻是一副躍躍欲試的表情，就知道他這番話起了反效果了。

果然，湯曼興奮地說：「傅哥，這一點你就不用為我擔心了，我就是覺得在我哥那裏成天對著電腦看盤實在是太悶了，所以才想換換環境的，你這裏正好可以讓我鬥志昂然。」

傅華苦笑說：「你啊，是不是唯恐天下不亂啊？」

湯曼吐了下舌頭說：「有競爭才刺激嘛。」

傅華正想說你把事情想得太簡單了，話還沒說出口，辦公室的門被敲響了，傅華喊了聲進來，羅雨帶著一份快遞走了進來，遞給傅華說：「主任，你寄給國土局的公函，對方沒有接收，讓快遞公司給打回來了。」

傅華接過快遞說：「行，我知道了。」

羅雨退了出去，傅華就把快遞遞給湯曼，說：「小曼，你看這件事要怎麼辦？」

湯曼愣了一下，說：「你讓我看怎麼辦？」

傅華笑說：「是啊，你不是要來熙海投資工作嗎？那就開始吧。」

湯曼驚喜地說：「你願意用我了？」

傅華反問說：「你不願意啊？」

湯曼高興地說：「我當然願意啦！誒，你先跟我說一下這件快遞被退回來是怎麼回事啊？」

傅華說：「這牽涉到熙海投資成立後所做的第一項投資，熙海收購了天豐置業手中的天豐源廣場和豐源中心項目……」

傅華就跟湯曼講述了事情的來龍去脈，湯曼聽完說：「傅哥，你要付錢給人家，人家都不要，看來熙海投資的事還真是很麻煩。」

傅華說：「怎麼，你害怕了嗎？」

湯曼嘟著嘴說：「我才不怕呢，如果這點事就嚇住我，那我也太膽小了。」

傅華皺眉說：「你不怕就好。現在不是怕不怕的問題，而是下一步該怎麼辦。」

「你考我啊？」湯曼笑說：「這你可考不倒我！快遞送達不行的話，那就公證送達好了，找公證處的人陪我們去一趟國土局，讓他們做一下公證，這個問題不就解決了嗎？」

傅華衝著湯曼豎了一下大拇指，笑著說：「不錯啊，小曼，有兩下子！行，就照你說的去辦。」

這時，門再次被敲響，羅雨手裏又拿了一份快遞，對傅華說：「主任，這是國土局發的快遞，您看一下吧。」

傅華冷笑一聲說：「這幫混蛋動作倒挺快的。」

湯曼說：「怎麼了傅哥？國土局發給你的這份快遞是什麼啊，不會是要將土地收回的決定書吧？」

傅華點點頭說：「除了是收回土地的決定書，還能是別的嗎？估計國土局的網站上，這份公告已經發佈了。」

湯曼立即說：「我上網看一下。」

湯曼就用傅華的電腦上網看了一下，果然，在國土局的官方網頁上已經發佈了對天豐源廣場和豐源中心這兩個項目的處罰決定，鑒於這兩個項目的發展商遲遲未能繳清土地出讓金，工程處於停工狀態，市政府經過研究，決定收回相關土地，並罰沒發展商繳納的保證金。

湯曼的臉色嚴肅了起來，現在土地被國土局收回去了，熙海投資就沒有可發展的項目，然而熙海投資卻已經向天豐置業支付了轉讓的費用，熙海投資還沒有正式成立就已經遭到了重創。

湯曼擔憂地看著傅華，說：「傅哥，這要怎麼辦啊？」

傅華鎮定地說：「不用怕，對此我早就料到了。對這份決定不是還可以複議嗎？我們回頭按照程序提出複議就是了。」

羅雨問道：「主任，那熙海投資的辦公室還要裝修嗎？」

傅華把熙海投資的辦公室放在海川大廈，並讓羅雨聯絡裝修公司開始進行裝修，現在熙海投資遭受重創，羅雨自然擔心辦公室是不是還要繼續裝修下去了。

傅華知道這次要打的是一場持久戰，要開戰，就要先把陣地建設好，就說：「小羅，你這話問的不應該啊，難道你覺得熙海投資完蛋了嗎？我跟你說，現在還只是序幕，好戲還沒正式上演呢。」

羅雨也覺得他的話問得不太合宜，歉意的說：「對不起啊主任，我馬上找人進行裝修。」

傅華吩咐：「也不要太倉促，要找好一點的公司，裝潢的氣派一點。熙海投資現在在北京還沒什麼名氣，不過，不用多久就會成為北京響噹噹的公司了，別到時候讓人覺得我們門面太寒酸。」

羅雨點點頭說：「行，我會慎選裝修公司的。」

傅華笑說：「行了，你去忙吧。」

羅雨便離開了。

湯曼崇拜地看著傅華說：「傅哥，我真是佩服你的這份淡定啊。」

傅華說：「也沒什麼淡定不淡定的，所有狀況早就在我的預料之中了。你別光看著了，既然你要來熙海投資工作，下一步也要趕緊動起來。」

湯曼說：「那你要我做什麼啊？」

傅華交代說：「你就負責公司的招聘工作吧，儘快把人員給配置齊了，讓我們看起來更像一個有規模的公司。」

湯曼點點頭說：「好，傅哥，我會負責好的。」

這時，傅華的手機響了起來，傅華接通電話，是胡瑜非打來的。

胡瑜非說：「傅華，我看到國土局的公告了，這幫傢伙還真敢把土地給收回去啊，你過來一趟吧，我們商量一下要怎麼應對。」

傅華說：「行，胡叔，我馬上就過去。」

傅華就把湯曼留在自己的辦公室，讓她暫且在這辦公，自己便去了胡瑜非家。

胡瑜非看了決定書，然後把決定書扔在桌上，說：「這幫混蛋這次動作倒挺快的，你打算怎麼辦？」

傅華說：「我覺得應該先申請複議，把相關程序走一走，目前形勢對我們來說是不利的，我們先拖延一下時間，再想辦法解決這個問題。」

胡瑜非點點頭說：「現在也只好先這麼辦了。回頭我讓天策的法務顧問幫你準備一下相關的資料。誒，熙海投資組建的怎麼樣了？馬上就要開戰了，關鍵時刻你可別給我漏氣啊。」

傅華拍胸脯說：「胡叔，您請放寬心，熙海投資的組建工作正在有序的進行著呢。」

胡瑜非說：「這兩天我私下瞭解了一下李廣武的情況，收回土地這件事還真是他指使周永信做的，李廣武這個老色胚現在膽子肥了，居然敢跟我玩這一手。」

「老色胚？」傅華笑說：「胡叔，你怎麼這麼叫他啊？」

胡瑜非解釋說：「這傢伙很色，據說以前在北京延慶縣做縣長的時候，被他老婆抓到他和縣裏的女打字員睡在一起。不過他老婆還算識大體，並沒有把這件事情給揭露出來，只是之後每次吵架的時候，他老婆都罵他是老色胚，一來二去，老色胚就成他的外號了。」

傅華不覺莞爾，說：「原來是這麼一回事啊。誒，胡叔，那這傢伙是怎麼跟睢心雄勾結在一起的呢？」

胡瑜非說：「這我還沒查得很清楚，他跟睢心雄的關係很隱秘，我找不到他們往來的痕跡。我之所以知道是他在背後搞鬼，是因為他給周永信施壓要收回項目的土地時，有別人在場，所以才傳了出來。」

傅華說：「現在問題的關鍵就在他身上，有他在，周永信只好老老實實地聽命於他，跟我們作對到底了。誒，胡叔，全代會開幕在即，楊書記究竟能不能入常啊？」

傅華問這個，是因為楊志欣如果能入常，熙海投資遇到的難題就會迎刃而解了，李廣武和國土局再蠻橫，也不敢挑戰一個進入核心領導層的領導的。

胡瑜非搖搖頭說：「目前來看，這種可能性基本上是沒有了。你如果指望他能出面幫你解決土地被收回的問題的話，趁早打消這個主意吧。」

傅華苦笑了一下，說：「看來是此路不通了。這樣的話，我們也許要想想別的路子啦。」

胡瑜非看了一眼傅華，說：「別的路子？」

傅華笑笑說：「這個路子恐怕就得從老色胚身上著眼，我想既然這傢伙的外號是老色胚，他應該有很多弱點才對，從他身上下手，事情可能比較容易得到解決。」

胡瑜非卻搖頭說：「傅華，你不瞭解李廣武這個人，這傢伙雖然好色，但是自制力很強，加上他不貪圖錢財，你想通過整他來達到翻盤的結果，不太可能。」

傅華懷疑說：「這傢伙可能只是隱藏得很深而已，沒理由他能徹底改變好色這個嗜好的。我相信耐心的找一下，肯定會找出他的問題的。」

胡瑜非說：「也許吧，不過那不是短時間就能完成的任務，對我們來說，也就沒有絲毫的幫助了。」

傅華想了想說：「也是，看來我們只有走正規管道來解決了。」

胡瑜非勸慰說：「傅華，你也別急，從一開始你就知道這場爭鬥不是一兩個回合就能解決的，我們需要從長計議。」

傅華說：「這我明白，只是我擔心國土局既然發出收回土地的公告，他們一定會加快行動，儘快將土地交給下一個發展商來發展，從而造成既成事實。這樣就算我們採用複議、訴訟的手段，恐怕也無濟於事，除非出現什麼變數。胡叔，楊書記真的不能為這件事出個面嗎？現在我們想要改變這個被動局面，楊書記最好能出面干預一下。」

胡瑜非說：「這我也知道，問題在於志欣現在正值關鍵的時期，除非有什麼特別強大的理由，他是不可能出手干預這件事的。」

傅華想想也是，全代會召開在即，楊志欣確實是一動不如一靜，他也就不再說什麼了。好在眼下的局面雖然困難，但還沒有到山窮水盡的地步。

恰在此時，傅華的手機響了起來，是北京刑偵總隊的萬博，傅華心裏一喜，他等的這個電話終於來了。

通過蘇強的追債，可以把歐吉峰逼到一個無路可走的境地；但歐吉峰不一定會把買官賣官的事向警方交代出來，於是傅華把主意打到了萬博的身上，希望萬博能借此機會對歐吉峰展開詢問，將何飛軍買官賣官的事情給逼問出來。

現在萬博打電話來，代表這件事情大概有眉目了。傅華趕緊接通了電話，說：「您好，是不是歐吉峰那邊發現什麼了？」

萬博笑笑說：「是的，那傢伙被那幫討債的逼成了驚弓之鳥，他向警方報案後，被我們的幹警嗆呼幾下就全招了，承認他收吳老闆三百萬幫何飛軍買官的事。謝謝你了傅主任，因為你提供的線索，我們破獲了這起金額龐大的詐騙犯罪。」

傅華趕忙說：「您太客氣了，配合警方辦案，向警方提供破案線索，是個好市民應該盡的義務。」

萬博又說：「我們警方會去東海省將何飛軍和吳老闆傳喚到北京來配合調查，同時也會把何飛軍涉嫌買官的情形向相關部門做個通報。」

傅華知道何飛軍的仕途算是完了，現在上上下下都在反貪腐，對買官賣官的行為處分相當嚴厲，只要哪個官員這種事被曝光，等待他的必然是停職接受調查的處分。

第三章

色誘

湯曼不滿的說：「傅哥，你剛才攔我幹什麼啊？
不然我一定好好教訓一下這個老色鬼，
這下倒好，白讓他摸了我的手一下。」
傅華笑說：「原來你是想色誘他啊？
害得我還擔心你會對他不客氣呢。」

結束跟萬博的通話之後，傅華高興地對胡瑜非說：

「胡叔，看來今天得到的並不都是壞消息啊，我答應過我們的市委書記，要幫他擺平這個何飛軍，剛才萬博跟我說，他已經拿到了何飛軍買官的證據，這傢伙馬上就會被停職調查了，我算是完成了對我們市委書記的承諾，今後他一定會強力支持我的，這樣我在天豐源廣場和豐源中心這兩個項目上就沒有後顧之憂，可以放手一搏了。」

胡瑜非聽了，不以為然地說：「其實你根本沒必要太在意你們市委書記的看法，他能拿你怎麼樣啊？大不了撤了你的駐京辦主任職務，那樣你反而沒有了牽絆，更能放開手腳全力搞這兩個項目了。」

傅華失笑說：「胡叔，你別忘了國土局剛剛將土地收了回去，下一步這兩個項目會是什麼情況還很難預料呢。」

胡瑜非責備說：「你就那麼留戀駐京辦主任的職務啊？傅華啊，你應該把眼界放大一點，不要老是想打安全牌。你應該看到更大的空間擺在那裏，就算這兩個項目不能做，還有其他更多的項目可以做的。」

傅華解釋說：「胡叔，我不放棄駐京辦這邊並不是想打安全牌，而是這個地方是我的根基，是我一手創建起來的，立足於此，我心裏才踏實。」

胡瑜非擺了擺手說：「好啦，我不想跟你繼續談論這個話題了，還是來談談土地被收回的事吧。剛才我想了一下，覺得直接採取申請複議、提起訴訟也不太好，雖然這是下一步我們可以採取的手段，但是相對來說，似乎有些太過激烈，一旦採取了這些手段，就是要跟國土局硬碰硬，完全沒有轉圜的餘地了。」

傅華點點頭，說：「我知道，胡叔，這麼做等於是民告官。但是除此之外，我們還有什麼其他的自救手段嗎？」

胡瑜非想了想說：「我們可以找找北京的高層領導，跟他們反映一下，看看能不能讓國土局自己撤銷這個決定。如果不行，我們再來申請複議也不晚啊。」

傅華不禁遲疑地說：「胡叔，有必要這樣做嗎？」

胡瑜非說：「有必要，我知道這樣做效果可能並不大，但是起碼我們先禮後兵了，這也算是對那些領導們的一個尊重吧。」

傅華不置可否地說：「胡叔，您覺得這麼做有必要，那就這麼做吧。您說我們第一步要去找誰呢？」

胡瑜非考慮了一下說：「第一步非要找李廣武不可，他是直接分管國土局的副市長，就算繞過他找別的更高層的領導，別的領導也必然要把他找來問情況的。」

傅華說：「行，那我就先去見見李廣武好了。」

胡瑜非說：「李廣武這種級別的官員可不是你想見就能見到的，這樣吧，我找人幫你約一下他，約好了我再通知你。」

傅華說：「行啊，那我回去等您的通知。」

傅華回到駐京辦，一進辦公室就看到高芸坐在那裏，詫異地說：「你什麼時候來的啊？」

高芸眼神飄向正在忙碌的湯曼，微微醋意地說：「剛到。不錯啊，傅華，剛一成立熙海投資，馬上就有女秘書了。」

傅華笑說：「我可用不起這麼高級的秘書，來，我給你介紹一下，這位是熙海投資新聘用的人事總監湯曼。湯曼，這位是和穹集團的總經理高芸。」

湯曼走了過來，跟高芸握了握手，說：「幸會啊，高總，我在財經版上經常看到你的名字，想不到你本人看上去這麼年輕啊。」

高芸回說：「看你這話說的，好像我七老八十了一樣，我其實只比那些剛從學校出來、還什麼都不懂的女孩子成熟了那麼一點而已。」

兩人你來我往，話中的火藥味很重，湯曼是在諷刺高芸上了年紀，而高芸則是在說湯曼年齡太小，還太嫩，什麼都不懂。

傅華趕忙緩頰說：「高芸，你來找我有什麼事啊？」

高芸關心地說：「沒什麼，就是在國土局的官網上看到了那份沒收土地的公告，就想來看看你還好嗎。」

傅華聽了說：「還可以啦，這雖然對熙海投資來說是一個打擊，但是我對此結果早有預料，所以也沒感覺到有什麼受不了的，想辦法去解決這個問題就是了。」

高芸大大稱讚說：「我最欣賞你的就是這一點了，總是能積極的去面對問題。」

聽到高芸說欣賞傅華，一旁的湯曼冷冷的哼了一聲，顯然對高芸這麼說感到很不滿意。

傅華深怕接下來兩女不知道又會有什麼衝突，就趕忙說：「高芸，我們別在這裏影響湯曼辦公，去會議室談吧。」

高芸也明顯感受到湯曼的敵意，就說：「行啊。」

傅華便轉頭對湯曼說：「你在這忙你的吧，我和高總就不吵你了。」

湯曼瞪了傅華一眼，顯然她十分不願意傅華和高芸獨處，但是卻沒有理由阻攔，只好不高興的回到電腦桌前，繼續辦她的公了。

傅華和高芸一起去了會議室。高芸立即質問說：「你把這丫頭弄來身邊工作，是不是對她有什麼想法啊？」

傅華澄清說：「什麼叫我把她弄來啊，是她非要來這裏工作的。我剛好也需要一個靠得住的人，就讓她過來了，我可是把她當妹妹看的。」

高芸冷笑說：「男人都喜歡說拿女孩子當妹妹，可是當來當去就變質了，尤其是我看這丫頭也沒有拿你當哥哥的意思啊。」

傅華正色說：「我可沒這種想法。好了高芸，不聊她了行嗎？現在項目的事都已經讓我焦頭爛額了，哪有心思還去想這些啊。」

高芸便說：「那項目的事你打算怎麼辦？」

傅華苦笑說：「還能怎麼辦啊？我準備先去找分管城建的副市長李廣武，跟他反映一下這個情況，看看能不能讓國土局撤銷收回土地的決定。」

高芸搖搖頭說：「這個可能性不大，收回已經出讓的土地是一件很嚴重的事，國土局絕對不會擅作主張的；這個決定，李廣武的作用很大，也許就是他搞出來的。」

傅華說：「這我知道，不過要跟北京市的市領導反映這個情況，李廣武這邊是繞不過去的，還不如先去試試他的深淺。」

高芸點點頭說：「你去摸摸他的態度也不錯。誒，傅華，有沒有什麼地方我能幫得上忙的啊？」

傅華感激地說：「現在沒有。原本我是計劃讓熙海投資和和穹集團合作，一起來搞這兩個項目，但現在形勢不明朗，暫時和穹集團就不要蹚這個渾水了。」

高芸說：「是啊，目前這個樣子，和穹集團是無法參與的。」

傅華說：「等著吧，等我讓國土局撤銷了收回土地的決定，那時候我們再來合作吧。」

高芸忍不住說：「你倒是信心滿滿的啊，不過，我看這件事的可能性不大，除非你能創造出奇蹟來。」

傅華很有自信地說：「只要找到合適的辦法，我未嘗不能創造出奇蹟給他們看看。」

高芸說：「行啊，那我就等著看你創造的奇蹟了。」

送走了高芸，傅華回到辦公室，湯曼語氣不善地問說：「那個姓高的女人走了？」

傅華責備說：「小曼，什麼叫姓高的女人啊，你叫她一聲高總不行嗎？」

湯曼不滿地撇著嘴說：「你這麼護著她，是不是喜歡她啊？」

傅華斥責說：「你瞎說什麼啊，我們只是朋友而已。」

「朋友而已，」湯曼哼了聲說：「你騙誰啊，你別以為我不知道你們的事，她跟人家訂好的婚約都被你給破壞了，這樣也只是朋友而已啊？」

傅華表情嚴肅地說：「小曼，你這樣子可不行啊，我請你來，是讓你來工作的，可不是讓你來干涉我的私事的。」

湯曼說：「你這麼說，就是你還是喜歡她的囉？」

傅華有些不耐地說：「都跟你說了只是朋友而已，你到底是來工作的，還是來盯著我交不交女朋友的啊？」

湯曼看傅華快要發火了，趕忙說：「我當然是來工作的，你沒看到我已經幫你處理了不少事嗎？」

傅華莫可奈何地說：「我看到了，不過我警告你啊，不准再對我的朋友這麼不禮貌了，否則別說我辭了你。」

湯曼笑笑說：「不會了，也就是姓高的女人讓我覺得看不順眼嘛。」

傅華眼睛瞪了起來，說：「你怎麼還叫她姓高的女人啊？」

湯曼吐了下舌頭說：「好，我叫她高總總行了吧。」

傅華不禁有些後悔把她放在自己身邊了，她的心思都放在他身上，他對她卻沒有那方面的想法，一直這樣子下去，遲早兩人都會受到傷害的。不過眼下正是用人之際，他也無法將湯曼辭退，只好暫時先這樣吧，等熙海投資穩定下來，他再想辦法讓湯曼離開。

這時，傅華的手機響了起來，是胡瑜非打來的，胡瑜非說他已經約好了李廣武明天上午九點鐘跟他見面，讓傅華去市政府辦公大樓找李廣武。

傅華便交代湯曼說：「我明天上午要去市政府見李廣武，你跟我一起去吧。」

傅華要帶湯曼去見李廣武，是覺得有個女孩子在身邊，事情會好辦很多，起碼會起一個緩衝的作用，不會讓他跟李廣武直接衝突起來。再說，李廣武外號「老色胚」，湯曼這個漂亮的女孩在場的話，李廣武也許更好說話些。

湯曼皺了一下眉頭，說：「傅哥，我是人事總監，你讓我陪你去見李廣武算是怎麼一回事啊？」

傅華笑說：「什麼人事總監啊，我是因為你在處理人事招聘的事，臨時給你安了個職務，你現在還在試用階段呢，什麼地方需要用到你，你就要做什麼的。」

湯曼扁了一下嘴，不平地說：「傅哥，我發現你請我真是賺到了，熙海投資還什麼都沒有呢，你就把我支使的跟什麼一樣，我真是虧大了。」

傅華開玩笑說：「那你到底想不想幹啊？不想幹的話，可以走人。」

湯曼哼了聲說：「當然幹，怎麼不幹啊，我跟你說，你想攆我走可沒那麼容易。」

第二天上午九點，傅華和湯曼準時出現在副市長李廣武的辦公室。李廣武五十多歲，個子不高，長了一副大眾化的臉。

傅華在進門的時候就注意到了，李廣武看到他的時候眉頭皺了一下，顯然並不歡迎他的到來，不過當看到跟在傅華身後的湯曼時，李廣武的眼睛就亮了，居然從座位上站起來，向他們迎了過來。

傅華心中暗自好笑，李廣武這個老色胚的外號還真是名符其實啊，看到漂亮女人果然是一副色瞇瞇的樣子。

李廣武跟傅華握了握手，說：「你好，你是熙海投資的傅華先生吧？」

傅華說：「是我，您好，李市長。」

握完傅華的手，李廣武隨即就向湯曼伸出了手，笑著說：「這位漂亮的小姐是？」

湯曼落落大方的跟李廣武握了手，甜笑說：「您好李市長，我是熙海投資的湯曼。」

湯曼這一笑，把李廣武的三魂七魄給笑掉了一半，他一隻手握著湯曼的手，另一隻手居然去撫摸起湯曼的手背來，嘴裏還連聲說著：「好，好。」

傅華看到李廣武這麼失態，有些擔心湯曼的脾氣忍受不了李廣武這種做法，趕緊嗯哼了一聲，說：「李市長，我今天來，是想跟你彙報一下熙海投資關於天豐源廣場和豐源中心這兩個項目的進展情況。」

李廣武也意識到他有些失態了，他畢竟是高層領導幹部，因此馬上鬆開了湯曼的手，笑笑說：「傅先生，湯小姐，我們坐下來談吧。」

李廣武把傅華和湯曼領到沙發那裏坐下來，傅華注意到這時候李廣武的神態嚴肅了起來，甚至跟湯曼坐的有一點距離，心裏不禁暗自折服，難怪李廣武能做到副市長這個職務，這傢伙的自制力確實是很強。傅華立即明白眼前這個看似平庸的男人，絕對不是一個好相與的對手。

傅華正色說：「李市長，我現在就把熙海投資購買天豐源廣場和豐源中心這兩個項目的狀況跟您彙報一下。」

李廣武點點頭說：「你說吧，我聽著呢。」

傅華就開始講購買這兩個項目的經過，特別提到他主動要求付清欠繳的土地出讓金卻被周永信給拒絕，結果國土局竟以他們未能及時繳清土地出讓金為由，將土地給收了回去。

傅華憤慨地說：「李市長，我覺得周局長的做法實在是有些不可理喻，他拒絕我們付款在先，又以這個理由收回項目的土地，哪有這樣的啊？」

李廣武笑笑說：「傅先生，這件事周局長跟我彙報過，情況我很清楚，我認為國土局的做法是合法合理的，是你對這件事的理解有些偏差。國土局拒絕熙海投資的付款，是因為這兩個項目的土地出讓金已經遠遠超過當初合同約定的付款時間，因此市政府收回土地只是按照合約的違約條款執行而已，我認為沒什麼問題啊。」

湯曼在一旁幫腔說：「可是李市長，熙海投資是剛接手這兩個項目的，接手後馬上就很有誠意地要付清欠繳的出讓金，我們已經盡到了應盡的義務，憑什麼國土局還要將土地收回去啊？」

李廣武刻意把眼神閃開，不去看湯曼，而是看著傅華說：「這個問題要怪的話，就要怪你們熙海投資自己了，你們在購買這兩個項目的時候，為什麼不評估一下其中的風險呢？前面的發展商明顯已經違約了，你們應該知道的啊？明知道卻仍然選擇要買，風險可就要自負了。」

傅華心裏暗自叫苦，一個色鬼不去看美女，說明這傢伙心意已定，非要將土地給收回去不可，看來今天是不用指望李廣武改變心意了。

湯曼卻不肯罷休，說：「李市長，您這麼說就有些強詞奪理了吧？你們之前那麼長時間內，對前面的發展商違約行為都不聞不問，我們熙海投資一接手你們就要收回土地，這是不是有點太過分了？」

李廣武看湯曼說話很不客氣，臉上的笑容就消失了，態度強硬的說：

「湯小姐，我提醒你一下，政府有權決定什麼時候做什麼與不做什麼的，國土局這一次的處罰並無違法之處。好了，我能給你們的解釋就這麼多。」

李廣武看了看手錶，然後說：「談話就到此為止吧，我下面的時間還約了人，再見吧，兩位。」

李廣武說著就站了起來，擺出一副送客的架勢。

湯曼生氣地站起來說：「李市長，你怎麼能這樣，你不覺得你們這麼做，對熙海投資很不公平嗎？」

傅華也站了起來，趕緊拉了一把湯曼，他不想讓湯曼和李廣武吵起來，這裏是李廣武的地盤，湯曼絕得不到什麼便宜的。而且真要吵起來的話，人們會覺得是熙海投資無理取鬧，國土局做出的處罰決定可能更能得到社會上的支持了。

傅華便阻止湯曼說：「小曼，你別這麼衝動，李市長既然還有別的安排，那我們就不打攪他了。」

湯曼看了傅華一眼，傅華衝著她搖了搖頭，示意她不要跟李廣武爭辯下去了，湯曼只好閉上嘴。

傅華和湯曼走出李廣武的辦公室。

湯曼不滿的說：「傅哥，你剛才攔我幹什麼啊？不然我一定好好教訓一下這個老色鬼，這下倒好，白讓他摸了我的手一下。」

傅華笑說：「原來你是想色誘他啊？害得我還擔心你會對他不客氣呢。」

湯曼說：「什麼色誘啊，本來我是想發火的，但是想想我跟你來是為熙海投資說服這個混蛋的，如果一來就發火，肯定會把事情鬧僵，就忍了下來。沒想到這混蛋居然是這種態度，早知道我就給他一個大耳瓜子了，也省得受這個窩囊氣。」

傅華剛想說什麼，迎面就看到睢才燾和羅茜男走了過來，不由得愣了一下，看樣子睢才燾和羅茜男也是準備來見李廣武的。李廣武刻意把跟睢才燾和羅茜男見面的時間跟他安排在一起，似乎是在向他發出一個強烈的信號，那就是李廣武明確地站在睢心雄這一邊了。

睢才燾看到傅華，便陰陽怪氣的笑了一下，說：「這麼巧啊，傅主任也來見李副市長，看你這個樣子，剛剛在李副市長那裏碰了一鼻子灰吧。」

傅華笑說：「睢少還真是未卜先知啊，難道你跟李副市長有什麼默契了？不過，《紅樓夢》中有句話說的好，機關算盡太聰明，反誤了卿卿性命，睢少，你可要小心啊，可別偷雞不成反失一把米啊。」

羅茜男在一旁笑說：「傅主任，我怎麼覺得你這話說得很酸啊，是不是失去了天豐源廣場和豐源中心兩個項目，讓你心裏很不好受啊？」

傅華看了羅茜男一眼，說：「羅小姐這麼說，似乎是你們贏定了一樣，但是我可知道不到最後關頭，你是不會知道誰在上頭，誰在下面的。」

傅華說話的時候，帶著笑意瞟了羅茜男一眼，他這是故意在拿那天他壓在羅茜男身上的事情來羞辱羅茜男。

沒想到羅茜男並沒有中計暴怒，只是微微地笑了一下，說：「傅主任不用這麼得意，我們是不是贏定了，你很快就能看到了。」

傅華有一拳打到棉花上無處著力的感覺，這個羅茜男果然厲害，輕輕地一招，就化解了他的全部攻勢。

羅茜男說完，就不再搭理傅華，而是挽起了睢才燾的胳膊，昂首挺胸的走過傅華的面前，到李廣武的辦公室門前敲了敲門，然後走進了李廣武的辦公室。

湯曼不禁問道：「這女人誰啊，怎麼這麼一副德行啊？」

傅華說：「豪天集團的羅茜男，就是這個女人在跟我們爭這兩個項目的。」

李廣武看到走進門來的睢才燾，連忙站了起來，笑著迎了上去，說：「才燾啊，什麼時間從德國回來的？」

睢才燾說：「前天回來的，李叔叔，這是我的女朋友羅茜男，豪天集團的總經理。」

羅茜男跟李廣武握了握手，說：「李叔叔您好。」

李廣武上下打量了一下羅茜男，說：「你好，羅總，才燾真是好眼光啊，找了這麼漂亮的女朋友。」

羅茜男很不習慣李廣武這種上下打量她的色瞇瞇的眼光，感覺李廣武似乎是在用眼睛剝光她的衣服一樣，讓她渾身都不自在，不過羅茜男表面上還是保持著對李廣武的尊重，笑著說：「謝謝李叔叔誇獎。」

李廣武將睢才燾和羅茜男讓到沙發那裏坐了下來，秘書給他們倒上茶，然後退了出去。

睢才燾說：「李叔叔，我剛才在外面看到了傅華，他也來見你？」

李廣武說：「是啊，他找了人大的一位副委員長幫忙約我見面，這位副委員長的面子我是要給的，只好見見他了。」

羅茜男說：「這傢伙是個討厭鬼，沒給李叔叔添什麼麻煩吧？」

李廣武笑笑說：「麻煩倒是沒有，只是這傢伙挺幼稚的，居然以為找我彙報一下，國土局就會同意撤銷收回土地的決定了，你說這不是很可笑嗎？」

雎才燾提醒說：「李叔叔，你可千萬別輕視他，這傢伙很狡猾，他這麼做一定有他的原因，您小心別被他給算計了。」

李廣武不以為意地說：「算計我，他能怎麼算計我啊？現在國土局已經發出了公告，大局已定，他玩不出什麼花樣的。」

羅茜男說：「李叔叔，您真是需要小心他一點的，這傢伙一肚子壞水，還捉弄過才燾，不能不防啊。」

李廣武笑了起來，說：「羅總啊，這傢伙想跟我玩，還嫩了點。你和才燾放心好了，李叔叔肯定會把這兩個項目交給豪天集團來開發的。」

羅茜男和雎才燾立即感激地說：「謝謝李叔叔了。」

李廣武笑說：「客氣了。我跟才燾的父親是老朋友了，幫這點小忙是應該的。才燾啊，這次全代會召開在即，你父親卻沒有進入核心領導層的機會了，我們這些老朋友都挺替他遺憾的。」

睢才燾說：「李叔叔，我爸爸對此倒沒覺得什麼，他說進入到核心領導層當然是更好，不進入也不代表他就完蛋了。我爸說，只要有李叔叔這樣的朋友支持他，即使他依然是嘉江省的省委書記，他的影響力也絲毫不會差於楊志欣的。」

李廣武聽了，滿意地說：「也就是你父親能說出這麼給力的話來，對，以你父親的號召力，在中國政壇上，沒有人敢小覷他的，楊志欣即使成功上位，他也無法與你父親比肩的。」

睢才燾恭維說：「這都幸虧有李叔叔這樣的老朋友的支持啊。誒，李叔叔，國土局準備什麼時候重新招標拍賣收回來的土地啊？」

李廣武說：「恐怕還需要點時間，有很多相關的程序要走，最少要幾個月的時間吧。」

羅茜男的眉頭皺了起來，說：「還要幾個月的時間啊？李叔叔，您能不能干預一下，把一些不必要的程序給簡化，儘快重新拍賣這兩塊土地，因為我擔心夜長夢多，有這幾個月的時間，傅華那個傢伙還不知道會玩出什麼花樣來呢。」

睢才熹也說：「是啊，李叔叔，我想接下來，傅華一定會想盡辦法讓國土局撤銷收回土地的決定，只有儘快將這塊土地拍賣出去，這件事才算是定局，也只有這樣，傅華才會放棄想要翻盤的努力。」

李廣武說：「你們也太重視傅華這傢伙了，我就不相信他還能玩出什麼花樣來。不過，你們倆都這麼說了，好吧，我會跟相關部門打打招呼的，讓他們儘量簡化程序，重新拍賣這兩個項目的土地。」

告別了李廣武，羅茜男和睢才熹上車回豪天集團。

在車上，羅茜男不禁抱怨說：「才熹，你父親這都是認識的什麼人啊？這個李廣武簡直就是個老色鬼，我們跟他談話的這段時間，他的眼神就沒離開過我的胸部，我感覺像被他給扒光了一樣。」

睢才熹笑了起來，說：「這不好嗎？這說明你很有女人魅力啊。」

羅茜男癟了一下嘴，說：「我再有魅力，也不需要他來喜歡。真是奇怪，你父親怎麼會跟這種人是朋友啊？」

睢才熹說：「我父親跟我說過，他說這世界上的人千奇百怪，沒有一個人是完美無缺的，如果只選擇跟自己相同的人做朋友的話，那就是孤芳自賞。要做大事，沒有朋友怎麼能行啊，所以成大事者不拘小節，要跟各種各樣的人做朋友。其實，有缺陷的人才是能真正為我所用的人。」

羅茜男不解地說：「你父親這話是什麼意思啊？有缺陷的人才是真正能為他所用的人，難道說沒缺陷的人反而不好嗎？」

雎才燾說：「你知道我父親是怎麼跟李廣武成為這麼鐵的朋友的嗎？」

羅茜男說：「怎麼成為的？」

雎才燾說：「根源就在李廣武的缺陷上。你也看出來這個李廣武是個好色之徒，這傢伙把一個著名影星的肚子給搞大了，結果那個影星非要他離婚娶她不可。你知道離婚會對官運仕途影響很大，李廣武當然不肯，恰好我父親跟影視圈一些人關係不錯，就出面幫他把事情給擺平了。最後那個女明星出國深造了一年，在國外把孩子給生了下來。」

雎才燾說到這裏，看著羅茜男說：「這個女明星你該知道的，就是某某。」

羅茜男咋舌說：「我知道，原來她出國深造是這麼一回事啊。」

雎才燾說：「你看，如果李廣武身上沒這個好色的缺陷，我父親就不會跟他成為朋友，相對的，李廣武也不會幫我們爭取這兩個項目了，所以我父親說的『有缺陷的人才是真正有用的人』，是很有道理的吧？」

羅茜男卻說：「像李廣武缺陷這麼明顯的人，也是最容易出事的，我擔心這次的事情可能會壞在這個李廣武的手中。」

睢才燾搖搖頭說：「不會的，這個李廣武是很謹慎的一個人，你輕易找不到他的把柄的。」

羅茜男不以為然地說：「你也太相信他了吧？我倒覺得他很危險呢。其一，他現在已經站到了前臺，傅華知道是他在跟他們搗鬼，他們眼下的目標一定是他。尤其現在李廣武明確的拒絕了傅華的遊說，傅華除了打倒他，別無他法。」

睢才燾說：「話是這麼說不假，但是李廣武可不是那麼好打倒的。」

羅茜男駁斥說：「他有什麼不好打倒的啊？他這個好色的缺陷，估計沒有人不知道吧？連我只跟他見一面就知道了，你沒看剛才傅華也是帶了一個漂亮的女孩子來見他，我不相信李廣武見了她會不露出好色的本性來。」

第四章

對簿公堂

孫守義皺眉頭說：「你下一步準備怎麼處理呢？」
傅華說：「書記，熙海投資的大股東認為，
國土局做出這樣一個決定是錯誤的，
因此不惜任何代價也要保住這兩塊土地，
即使跟國土局對簿公堂。」

睢才燾駁斥說：「好色並不必然會導致李廣武出事啊。」

羅茜男說：「可是這起碼給了傅華一個找李廣武把柄的方向，你父親能找到那個某某，難道傅華他們就不能找到這個某某了嗎？就算是傅華找不到這個某某，還有別的女人，你敢保證李廣武就沒玩過別的女人？」

睢才燾說：「那我怎麼保證啊？你要好色的男人不玩女人，就相當於讓貓兒不吃腥一樣，根本就做不到的。」

羅茜男說：「這不就結了嗎？現在李廣武就是一個千瘡百孔的靶子，傅華只要想攻擊他，隨時都能把他打倒的。還有啊，你有沒有覺得李廣武很輕視傅華啊？你可是跟傅華打過交道的人，知道那傢伙可不是什麼善類，李廣武一來就犯了輕敵的毛病，將來必然會在這上面栽跟頭的。」

睢才燾點點頭，沉思說：「你說的倒也不無道理。」

羅茜男說：「那你是不是想辦法提醒一下李廣武啊？」

睢才燾皺了一下眉頭，說：「我怎麼提醒啊？說他太輕敵了？還是說他花花事太多了？這種話，就算是我父親親自出面都不太好說出口的，我就更不好說了。再說，茜男，這只是你的揣測，事情並不像你想的這麼糟糕。首先，傅華和李廣武都是官場中人，都要遵循官場上的一些基本規則，這種揭人瘡疤，把人往死裏整的事情，他們輕易是不敢幹的。」

羅茜男不解地說：「為什麼？李廣武已經在把傅華往死裏整了，傅華難道就不會把李廣武往死裏整？」

雎才燾搖搖頭，說：「這是兩回事，李廣武整傅華，是通過官方程序，正大光明的處理事件，就算是不近人情，但起碼符合法律規範，這是官場規則所允許的，傅華就算是因此吃了虧，也不好說對方違反了遊戲規則；但是反過來說……」

羅茜男打斷雎才燾的話說：「反過來怎麼了，反過來說，傅華是一報還一報，這也沒什麼不對啊？」

雎才燾說：「官場上的事是不能從常理上去看待的，如果是私人之間的恩怨，一報還一報很正常，官場上卻不能這樣，用李廣武在女人方面的不檢點行為攻擊李廣武，是下三濫的做法，用這樣的方式去報復李廣武是很可恥的行為。傅華如果真要這麼做，那他以後就很難在官場上立足了。」

羅茜男搖搖頭說：「這些做官的人總愛把事情搞得這麼複雜，私底下明明是你打我一拳、我捅你一刀的把對方往死裏整，何必還要在場面上搞得跟沒事人一樣呢！」

睢才熹笑說：「這是維持秩序所必需的，要是沒有了約束，那整個官場可就亂套了。」

說話間，車子到了豪天集團的辦公大樓前。兩人下了車，羅茜男挽住了睢才熹的胳膊，跟他一起往豪天集團裏面走。

睢才熹邊走邊對羅茜男說：「茜男，我這次給豪天集團帶來了幾億的資金，你父親看到我，應該有個笑臉了吧？」

羅茜男微微皺了一下眉頭，說：「你管我爸爸幹什麼啊？又不是他是你的女朋友。」

羅茜男之所以皺眉，是因為羅由豪並沒有因為睢才熹帶來幾億的資金，就對睢才熹的印象有所改觀，羅由豪對羅茜男選睢才熹做男朋友一直頗有微詞，每次見到睢才熹都是一副愛理不理的樣子。

這次豪天集團要跟傅華爭奪天豐源廣場和豐源中心這兩個項目，羅由豪也是不同意的，理由有兩點，一是羅由豪擔心這會傷了他和劉康的和氣，他一直很尊重劉康，不想跟傅華這個外傳是劉康弟子的人作對。二是，睢才熹一下子拿出幾億資金，也讓他懷疑睢才熹的資金來路不明。

豪天集團已經不是當初那種靠打打殺殺、敲詐勒索搞錢的流氓公司了，羅由豪就有些擔心睢才熹的錢不乾不淨，會把豪天集團毀於一旦。因此羅由豪還特地跟羅茜男談了一次話，意思是讓羅茜男不要接受睢才熹的這筆錢，但是遭到了羅茜男的嚴詞拒絕。

羅茜男認為睢才熹的錢不乾淨又能怎麼樣呢？豪天集團如果拒絕睢才熹這次的投資，也就失去了一次跳躍性發展的機會。另一方面，這筆資金誠然是來路不明，但是又不是豪天集團靠不正當手段賺來的，豪天集團只是接受睢才熹的投資而已。頂多將來睢才熹出事了，有關方面將這筆資金抽走而已。在此之前，豪天集團不知道可以利用這筆資金做多少事呢。

何況睢心雄還在政壇上屹立不倒，睢才熹出事的可能性幾乎是沒有，怎麼算都是一個不虧本的生意，豪天集團有什麼理由拒絕呢？至於跟劉爺的和氣，羅茜男更是覺得沒什麼意義了，都什麼時代啦，那些江湖義氣早就是過時的東西了。

面對羅茜男的振振有詞，羅由豪對女兒又一直都很信賴，幾乎找不到什麼話來反駁羅茜男。不過在講到義氣這一點上，他不贊同羅茜男的看法，說：「茜男，你要接受睢才熹的資金，我可以不反對，但是你不一定非要去針對傅華，你爸爸混黑道，靠的就是兄弟和義氣，你讓我把老兄弟都得罪了，那我這輩子可就沒剩什麼了。」

聽到羅由豪這麼說，羅茜男沒好氣地說：「你跟人家講義氣，人家跟你講義氣嗎？你讓我不要去針對傅華，你知道那個混蛋是怎麼對待我的嗎？他差一點就欺負了我。人家都這麼對你女兒了，你還要你女兒不要去針對他嗎？」

「什麼？」羅由豪最心疼女兒，一聽傅華差點就欺負了羅茜男，立時火大叫道：「這個混蛋，居然敢欺負你，看我怎麼收拾他。」

羅茜男白了羅由豪一眼，說：「好了，別這麼瞎嚷嚷了，你要去收拾他，你過得了劉爺這一關嗎？你過得了劉爺這一關，你就去好了。」

說到劉康，羅由豪就有些氣餒了，他看了看女兒，聲調明顯降了下來，說：「就算是劉爺也抬不過一個理字吧？女兒，你跟我說究竟是怎麼一回事，然後我帶你去跟劉爺講理去。」

羅茜男瞅了一眼羅由豪，不屑的說：「我有時候真是弄不明白你，那個劉爺年紀也一大把了，除了在道上的一點名聲之外，根本沒什麼，為什麼你每次提起他來，都是一副戒慎恐懼的樣子啊？他就那麼神氣？」

羅由豪說：「我們兄弟混的是義氣，不是說能打能殺就讓人信服的。這些你不懂，你就告訴我傅華那混蛋是怎麼欺負你的，然後我帶你去找劉爺，讓劉爺教訓他。」

羅茜男不滿的說：「你女兒被人欺負了，你卻想讓別人幫你教訓他，你可真是有出息啊。」

羅由豪陪笑說：「茜男，你不知道，劉爺這個人是很講道理的，如果真是傅華那小子理虧的話，他一定會狠狠教訓他的。」

羅茜男瞟了羅由豪一眼，說：「如果我說理虧的是我，但是你女兒卻受到了他的欺負，你要不要幫我出頭啊？」

羅由豪詫異地說：「這話怎麼說的，怎麼理虧的是你，你還受到了欺負，這是不是有點亂了？你趕緊說，究竟是怎麼一回事啊？」

羅茜男忿忿地說：「是這樣子的，那天黃董在帝豪國際俱樂部請客，傅華也去了，我氣他欺負過才燾，就讓人約他去包廂，想要好好揍他一頓，好幫才燾出出氣。結果在打鬥中，我不小心被他壓在下面，這個混蛋居然趁機輕薄我，親了我的臉頰和脖子。」

羅茜男講到這兒停了下來。羅由豪等了半天也沒聽到下文，就問道：

「還有呢？」

羅茜男火了，說：「什麼還有呢？難道你女兒被人親了臉頰和脖子還不夠啊？你還想他親哪兒啊？」

羅由豪趕忙陪笑著說：「我不是說還想他親哪兒，我只是奇怪，一個男人如果真要輕薄一個女孩子的話，僅僅親吻脖子是不夠的，他應該有更進一步的舉動才對。你說的很不合邏輯啊。再說，傅華那小子看上去不像是很能打架的樣子，你的身手向來不錯，怎麼會竟然被他壓到身下去了呢？難道說你在讓他嗎？」

羅茜男忍不住說了粗口，說：「我讓他個屁啊，我恨不得弄死他。」

羅由豪看了羅茜男一眼，說：「那究竟是怎麼回事啊？不會是傅華這小子深藏不露吧？」

羅茜男氣呼呼地說：「不是，他能將我壓在下面是他走了狗屎運。原本是這傢伙被我打得蹲在那裏，我就抬腿踢他，結果他為了自保，亂撓亂抓的，我一不小心被他抓到了腳，他就把我扯倒了。這混蛋也機靈，居然讓他在一瞬間逮到了機會，撲上來壓住了我。」

「撲哧！」羅由豪忍不住笑出了聲。

羅茜男瞪了羅由豪一眼，說：「你還笑，你女兒被人欺負，你很高興啊？」

羅由豪忍住笑說：「不是，茜男，我只是想到在那種情形之下，換到任何一個正在挨揍的男人，都有可能撲上去壓住對手，這個你不能說是他想要欺負你才這麼做的。難道你指望他給你當人肉沙包，只挨打不還手啊？」

羅茜男沒好氣地說：「好，就當那是正常反應，他在第一時間沒想太多，反射動作地想要壓住我，這我可以不怪他，那後來呢，他親我的臉頰和脖子算是怎麼一回事啊？你知道嗎，他當時簡直就像是個流氓，想要強暴我。」

羅由豪持平地說：「茜男，這恐怕是你的責任吧？你的個性我瞭解，你肯定不會老老實實地被傅華壓住不動的，所以傅華才會用盡全力壓住你想反抗的。」

羅由豪知道他這個女兒是個烈性子，就像一匹還未被馴服的野馬，所以傅華的舉動也就不奇怪了。

羅茜男坦承說：「我承認我當時是想繼續揍他的，只要他放開我，我一定要他好看。不過，那傢伙實在是太狡猾了，他親我是為了分散我的注意力，結果趁我失神的那一剎那，這傢伙居然滾到門邊然後逃走了。」

羅由豪好笑地說：「真有創意啊，茜男，你說的不錯，這傢伙確實夠機靈的，居然能想到這種方法為自己脫困，真是有意思啊。」

羅茜男瞪了羅由豪一眼，說：「爸，你到底是站在哪一邊的啊？你女兒受了欺負，你還在說讚揚他的話，你到底是不是我爸？要不要幫我報仇啊？」

羅由豪看了羅茜男一眼，說：「報仇？報什麼仇啊？」

羅茜男哼聲說：「你說報什麼仇，那種親吻的行為是情侶間才會有的舉動，我跟別的男人，包括才熹都沒有這樣過，這傢伙居然敢這麼羞辱我！爸，你說我是不是應該想辦法弄死他啊？」

羅由豪趕忙笑笑說：「好了，茜男，你這就有點不講理了。你把人家給揍了一頓，人家是為了脫身才採取這種方式，雖然有些過分，但是情非得已，也不是不可以原諒的，我覺得你們應該算是打成了平手。」

羅茜男叫了起來，氣憤地說：「什麼叫做打成平手啊，明明是我吃了大虧嘛。」

羅由豪說：「你吃虧，他也沒得到便宜嘛，他也挨了你一頓揍不是嘛？誒，茜男，你說傅華是不是對你有好感啊？」

羅茜男哭笑不得地說：「爸，你是不是神經了？我那麼揍他，他還會對我有好感？如果真是這樣的話，他豈不是一個受虐狂啊！」

羅由豪笑笑說：「茜男，爸爸是過來人，知道男人對自己不喜歡的女人是不會有什麼親暱的行為的。茜男，你可能不懂男女方面微妙的感情，從小你就處處跟男孩子爭鬥，我幾乎沒看到有男孩子喜歡你……」

「胡說！」羅茜男打斷了羅由豪的話，說：「誰說沒人喜歡我的，初三的時候，我們班的溫亭就喜歡我喜歡的要命。」

「你說那個溫亭啊，」羅由豪笑了起來，說：「那個娘娘腔的男生，是啊，你就吸引這樣的男生，雎才燾也有點這種傾向。不過，那個溫亭是真心喜歡你，雎才燾則完全是在利用你，你要知道出身雎家這種家庭，根本就不會真正喜歡一個父親有黑道背景的女孩的。」

羅茜男反駁說：「爸爸，這個你還真是說錯了，才燾是真的喜歡我的，每次我跟他出去，他都會把我照顧得無微不至，很體貼我的。」

羅由豪不屑的說：「照顧得無微不至就是喜歡啊？那你直接找個好一點的保姆不更能照顧好你嗎？好女怕磨，雎才燾這是在對你下水磨工夫呢。」

羅茜男固執地說：「我不管他對我下什麼水磨功夫不水磨工夫，反正我挺享受他做的這一切。」

於是羅由豪最終還是同意了接受睢才燾的資金，畢竟對他來講，能讓女兒快樂才是最重要的。

羅茜男帶著睢才燾進了羅由豪的董事長辦公室，羅由豪看了一眼睢才燾，臉上連個笑的意思都沒有。

羅茜男趕忙說：「爸，我和才燾剛才一起去見了李廣武副市長了，看來我們豪天集團拿下天豐源廣場和豐源中心項目一點問題都沒有。」

羅由豪看著一臉興奮的羅茜男，搖搖頭說：「茜男，等你把這個項目真正拿到手再來高興也不遲啊。那些當官的可都是些滑頭，說的跟做的根本就不是一回事，這樣的人不能隨便就去相信的。」

睢才燾覺得羅由豪的話有些刺耳，他父親就是做官的，而且官居封疆大吏，羅由豪在他面前這麼說，頗有指著和尚罵禿子的味道。

睢才燾便幫腔說：「羅叔叔，你放心好了，這個李副市長跟我爸關係鐵著呢，他應該不會騙我們的。」

哪知道羅由豪根本就不給睢才燾留面子，不屑的冷笑一聲說：「你讓我放心，我怎麼放心啊？你爸那個人我都信不過，更何況李廣武了。」

睢才燾被羅由豪說得有些尷尬，一時之間不知該說什麼好。

羅茜男趕忙接話說：「爸爸，才燾說的沒錯，李廣武對我們挺照顧的，他答應我們，會催促相關部門儘快辦好相關的程序，讓這兩塊地重新招標。那時候，這兩個項目就是我們豪天集團的囊中之物了。」

羅茜男雖然在睢才燾面前對李廣武很反感，但是此刻她為了維護睢才燾，不得不說李廣武的好話。

羅由豪淡淡的說：「希望了。」

羅茜男接著說道：「爸爸，除了這件事，我還有一件事要跟您商量，才燾帶了那麼多資金進豪天，公司是不是該給才燾一些相應的身分？」

「什麼身分啊？」羅由豪看了一眼羅茜男。

羅茜男笑笑說：「一席股東的身分不過分吧？」

睢才燾趁勢說：「是啊，羅叔叔，沒個名分，我來豪天集團也有點名不正言不順的。」

羅由豪知道睢才燾的要求並不過分，就說：「只要股東們不反對，我沒什麼意見。」

羅茜男高興地說：「只要你不反對，那別人也不會反對的。」

海川市駐京辦，傅華辦公室。

從李廣武那裏回來的傅華在辦公室一坐下來，就打電話給胡瑜非。

胡瑜非說：「見到了李廣武，感覺如何啊？」

傅華說：「感覺很糟糕啊，李廣武居然把我和睢才燾、羅茜男安排在差不多的時間見面，故意想讓我們碰面，借機向我表明態度。」

胡瑜非生氣地說：「這傢伙可真夠囂張的，要不是正趕上全代會要召開，我真想找個機會好好教訓他一下。」

傅華說：「胡叔，我看我們還是提出複議吧，我看找那些領導也沒什麼用了，現在一切都在為全代會讓路，沒有哪位領導會在這時候幫我們出面翻案的。」

胡瑜非沉吟了一會兒，說：「行，傅華，那就這麼做吧，不要過了時效，其他的事，都等這次全代會開完了再說吧。」

全代會的氣氛越來越濃了，大小報刊都在進行全面的報導，預測這次全代會的動向。

作為全代會的代表之一，孫守義也回到了北京。傅華就何飛軍的事向孫守義作了彙報，孫守義知道北京警方已經向東海省省委通報了何飛軍涉嫌買官的情形。

因為時值全代會要召開，因此，此刻東海省委並沒有可能處理何飛軍的事。不過孫守義對這個結果已經很滿意了，也更關心熙海投資的狀況。

其中最令孫守義注意的，就是熙海投資成立後，第一個投資的項目是天豐源廣場和豐源中心這兩個爛尾樓。

一開始，孫守義覺得傅華選擇這兩個項目，一定是因為其中蘊含著豐厚的經濟利益。爛尾樓雖然名字不好聽，但是運作得當的話，是能變廢為寶，獲取巨大利益的。

但是令孫守義大跌眼鏡的是，熙海投資受讓之後，什麼都還沒來得及做，國土局就以雷霆手段將這兩個項目的土地給回收了，他感覺到其中必有蹊蹺。傅華不是一個隨便就做衝動決定的傻瓜，他這麼做，一定有別的企圖。這個企圖是什麼呢？

孫守義就詳細的查閱了這兩個項目的資料，看出熙海投資之所以會不計後果的接盤這兩個項目，意圖是在為天豐置業解套。而天豐置業的背後，實則隱藏著豐湖省省委書記楊志欣的身影。於是孫守義猜到傅華的動機，其實是是在幫楊志欣解套的。這讓孫守義感到很不高興。

孫守義對楊志欣倒沒有什麼特別的反感，讓孫守義感到不高興的是，傅華這麼做，把本來與此無關的他牽涉進一場龐大的政治博奕當中去了。他在事先毫不知情的情況下，被拉入這場龍爭虎鬥當中；而且傅華還幫他選邊站了，讓他被動的成了楊志欣的支持者。

這當中潛在著巨大的風險，他的仕途搞不好會嚴重受這件事的影響，至於結果是傾向好的方面還是傾向壞的方面，完全取決於楊志欣在這場博奕中是贏還是輸。

孫守義很不喜歡這種前景不明的狀態，但事已至此，孫守義也無法退出這個戰局，而且陷入了一種很詭譎的形勢當中。詭譎就詭譎在，他如果選擇其中一邊，就會成為另一邊的敵人；但是如果選擇了退出，他則會成為博奕雙方共同的敵人。

既然無法脫身，孫守義就想全面瞭解一下這件事的進展，這樣也算是知己知彼了，因此在傅華報告完何飛軍的事之後，孫守義就說道：「傅華，跟我說說熙海投資這兩個項目的情形吧。」

傅華沒想到孫守義會對這件事感興趣，駐京辦實際上是熙海投資一個很小的股東，占的股份根本不值得一提；常規來說，孫守義是不會來過問的。

不過，再小的投資也是投資，傅華知道國土局放出收回土地的公告之後，必然會有人來關注熙海投資的應對態度，心裏早就有所準備，於是說：「是這樣的，孫書記，熙海投資的股東們一致認為天豐源廣場和豐源中心這兩個項目很有發展前景，因此向天豐置業收購了這兩個項目……」

傅華就將事情的來龍去脈詳細彙報給孫守義，孫守義表面聽著，心裏卻一直在暗自冷笑，什麼很有發展前景，真是滑稽，你根本就是為了幫楊志欣解套才這麼做的。

官場上就是這樣，雖然大家心裏都清楚是怎麼一回事，但是都在揣著明白裝糊塗，就像孫守義現在這樣，明知道傅華在說謊，卻只能裝作不知情，假意詢問傅華是怎麼一回事。

因此在聽完經過之後，孫守義煞介其事的皺著眉頭，說：「怎麼會這樣啊？你下一步準備怎麼處理呢？」

傅華態度堅決的說：「書記，熙海投資的大股東認為，國土局做出這樣一個決定是錯誤的，因此不惜任何代價也要保住這兩塊土地，即使跟國土局對簿公堂。」

孫守義看了看傅華，說：「傅華，你要跟國土局對簿公堂？非要走到這一步嗎？別忘了你這個駐京辦可是在人家的屋簷下。」

傅華點點頭說：「一碼歸一碼，熙海投資跟海川市是兩回事，國土局應該不會遷怒到駐京辦身上；至於要不要走這一步，我認為是必要的，熙海投資絕不會向國土局錯誤的行為屈服的。」

傅華說的氣勢洶洶，似乎要跟國土局一決高下，但是孫守義卻不相信傅華心中也是這麼想的，他覺得傅華根本就是在裝腔作勢。看來這場戲一時半會是不會落幕的，孫守義便說：「行啊，傅華，你該怎麼做就怎麼做吧，需要市裏做什麼配合跟我說一聲，我會支持你的。」

傅華心說：我不需要你幫我做什麼，只要你別扯我的後腿就好了，於是笑說：「謝謝孫書記，目前還不需要市裏幫我做什麼。」

見傅華這麼說，孫守義便也客套地說：「那你有需要的時候再跟我說好了。」

全代會正式開始了，北京全面進入了全代會的節奏，新聞以及各大媒體上鋪天蓋地全部都是全代會的消息。大家最關心的，就是誰能成為這一屆的核心領導。

這一屆很罕見的情形是，到了要揭牌的時候，民間各方以及外國媒體還是沒有拿出一份很有說服力的名單。

睢心雄和楊志欣是輿論推測領導名單的一員，楊志欣依舊是低調作風，講話做事一板一眼，很難給人驚喜。

睢心雄則依然是媒體的寵兒，記者們，尤其是女記者很喜歡圍著他轉。他也沒讓記者失望，經常在採訪的時候，隨口說出幾句意義雋永的話來。

這些話馬上就被記者們引述，成為報導的標題，在醒目的位置出現，於是睢心雄在這七天的會期中簡直成了明星人物，除了一些更重要的領導人之外，他的曝光率是代表們中最高的，一時風光無兩。

七天的會議很快結束，高層的換屆終於塵埃落定。楊志欣雖然並沒有如願的進入到核心的領導層，不過他的職務卻得到了提升，進入了政治局，成為政治局的委員之一。

睢心雄則沒有什麼變化，依舊是中央委員。按照慣例，他嘉江省省委書記的職務應該能得以保全了。

當然，有人得意就有人失意，鄧子峰便是失意的人之一，他並沒有當選中央委員。而東海省省長慣例上應該是由中央委員擔任的，這也就是說，他很可能即將要失去東海省省長的職務了。

正如馮玉清所分析的那樣，高層目前還無法撼動睢心雄的地位，就拿鄧子峰來殺雞儆猴，藉此警告睢心雄。

傅華聽到中央委員當中沒有鄧子峰的名字，心中不免有些黯然。相信鄧子峰此刻心裏一定很落寞，一個畢生都獻給仕途的人，當他一步一個臺階爬到半山坡的時候，卻一不小心崴了腳，再也無力往頂峰攀登了。眼看為之付出了一生的仕途就到此為止，其中的痛苦可想而知。

全代會結束的第二天，胡瑜非打電話來，讓傅華去他家裏一趟。

傅華趕去時，就看到一臉疲憊的楊志欣坐在胡瑜非家裏。眼前的楊志欣跟電視上精神奕奕的樣子有著天壤之別，看起來十分疲憊。顯見這次他勝出的並不輕鬆。

傅華立即說：「恭喜楊書記了。」

楊志欣笑了一下，說：「謝謝了，傅華。」

楊志欣和傅華坐定後，胡瑜非給他們斟上茶，然後對傅華說：「志欣今天要趕回豐湖省，走之前想見見你，聊一聊天豐置業那兩個項目的事。」

傅華看了一眼楊志欣，說：「不知道楊書記對這件事有什麼指示？」

楊志欣說：「不要說指示這麼見外的話，我和瑜非跟你都是自己人，今天我來就是想跟你聊聊，看看你對這件事是怎麼打算的。」

傅華心說：你問我怎麼打算，我還指望你上了一層臺階後，可以把這件事給徹底解決了。現在倒好，你反而來問我怎麼辦，我還想問你怎麼辦呢。

楊志欣看傅華沒回話，就說：「你不要有顧慮，這件事是你做主，你想怎麼辦都可以的。」

傅華搖搖頭說：「楊書記，這並不是我想怎麼樣就怎麼樣的，事情的決定權掌握在李廣武和國土局那些傢伙的手中，他們想把土地收回去重新拍賣，如果他們把土地收回去了，我還玩什麼啊？」

楊志欣看著傅華說：「難道這樣你就沒辦法了嗎？」

傅華說：「不是沒辦法，辦法有很多，像複議、訴訟之類，但是這些拖延一下時間可以，想要一擊必殺是做不到的。楊書記，看來是需要您出馬的時候了。」

楊志欣搖搖頭說：「傅華，你不要指望我，這件事我是不能出面的。你要想贏這一仗，需要靠你自己。」

傅華苦笑說：「楊書記，您若是不能出面的話，我手中可是沒有足夠跟李廣武和周永信這些傢伙對抗的籌碼，那也就等於將這兩個項目拱手讓給睢心雄一方了。」

胡瑜非在一旁說：「傅華，怎麼，這仗還沒開打呢，你就準備繳械了？」

傅華洩氣地說：「我自然不想這樣認輸，不過，我的實力不足以戰勝對方啊。」

胡瑜非鼓勵說：「這可不是認輸的理由啊。實力這東西是會隨時改變的，並不是一開始實力強就註定了他一定會贏，古往今來，有多少以弱勝強的例子啊。」

傅華反問說：「胡叔的意思是讓我繼續跟對方纏鬥下去了？」

胡瑜非說：「這不僅是我的意思，志欣也是這個意思。」

楊志欣點點頭說：「是的，我的意思也是希望你能跟他們繼續纏鬥下去。不錯，我們現在是處於劣勢，但是不代表就一點機會都沒有，也許纏鬥下去，能夠等來事情的轉機呢？」

傅華看了看楊志欣，腦海裏突然靈光一閃，笑說：「楊書記、胡叔，你們這是想要我做釘子戶，好牽制住雎心雄啊。」

雎心雄被牽制住了，楊志欣就可以在新的崗位上從容佈局。

楊志欣用欣賞的眼光對傅華說：「被你看穿了。呵呵，傅華，我這麼跟你說吧，我這次當選是很艱難的，雎心雄那一派的人在全代會上對我提出了強烈的質疑，讓我差一點就落選了。」

胡瑜非附和說：「傅華，這也是為什麼志欣無法幫你解決天豐源和豐源中心這兩個項目的主要原因，雎心雄那幫人不會就這麼承認失敗的，他們一定會緊盯著志欣的一舉一動。一旦志欣有什麼把柄落到他們眼中，他們便會借機對志欣群起而攻之的。」

楊志欣說：「傅華，我需要你能夠幫我牽制住雎心雄，這樣我就有時間和空間來完成我的佈局了，所以你必須要幫我跟雎心雄纏鬥下去。這件事不要去管什麼輸贏，你可以採取任何手段，只要你能夠幫我纏住雎心雄，我們就算是贏了。」

傅華為難地說：「要想纏住雎心雄可不是件簡單的事，而且這件事的主導權又被李廣武掌控著，我恐怕無法幫你纏住睢心雄太長時間的。」

胡瑜非笑笑說：「傅華，你就想想辦法吧，你不是一向都很有主意的嗎？而且，這次的事件對你來說也是一次大好的機會，如果你有辦法能夠順利保住這兩個項目，未來這兩個項目的發展就全權由你負責，獲得的利益也都交給你掌控。這難道不值得你努力一番嗎？」

傅華忍不住說：「胡叔，你給我畫了好大一個餅啊。」

胡瑜非笑笑說：「那你要不要吃呢？」

傅華點點頭說：「當然要了，不過胡叔，這件事不是那麼容易就能解決的，真想贏的話，恐怕要採取一些手段。」

胡瑜非說：「志欣說了，這件事由你全權負責，你要怎麼做，由你自己決定，我是不會干涉的。」

楊志欣接話說：「傅華，說起這個，我正好有個消息可以提供給你。據說李廣武利用手中的權力包養的情人，起碼在兩位數以上，你如果能找出他的這幫情人來，你就能搬開李廣武這個絆腳石了。」

胡瑜非卻反駁說：「志欣，你這個消息並不可靠，就我認識的李廣武來說，他是個十分謹慎的人，絕對不敢這麼放肆的。」

楊志欣笑說：「瑜非啊，我都跟你說是據說了，我只不過聽別人有這麼一說而已，並不確定的。」

傅華見兩人對如何對付李廣武這件事上存在著分歧的意見，傅華相信胡瑜非不想讓他碰這一塊肯定有他的道理，便說：「胡叔、楊書記，我會斟酌情況來處理這件事的。」

第五章

守得雲開見月明

李衛高說：「您還記得我們初次見面的時候，
我對你是怎麼說的嗎？
我說你現在是守得雲開見月明的格局，
如果你連市長都沒有正式當上就出事的話，
那怎麼能算是守得雲開見月明呢？
所以這次你一定會沒事的。」

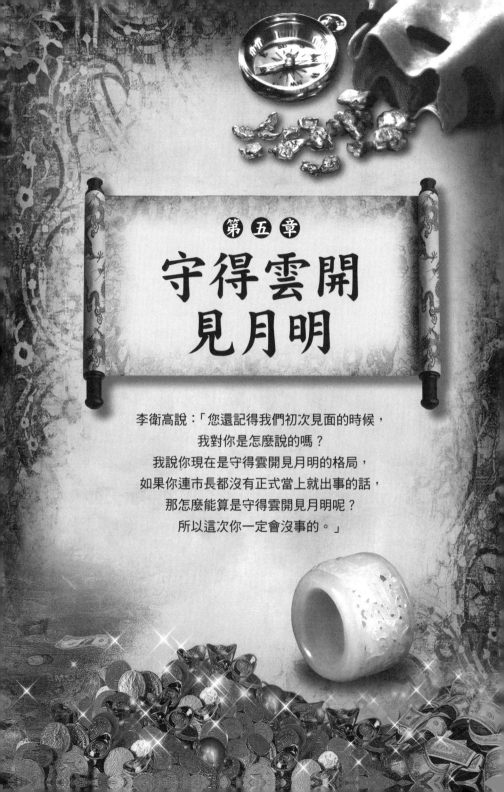

全代會結束後的第三天，東海省紀委一位姓錢的副書記就到海川宣布對何飛軍採取雙規措施，將何飛軍帶走了。

當時何飛軍正在參加姚巍山主持的市政府常務會議，錢副書記先跟姚巍山作了通報，然後在會議上宣布要將何飛軍帶到省裏進行審查。何飛軍聽完立時癱軟在地上。

省紀委的同志看他這個情形，就想把他架起來帶走。沒想到何飛軍死死的抓住會議桌就是不鬆手，還衝著姚巍山求救道：「救救我啊，姚市長，我是被冤枉的。」

姚巍山聽何飛軍向他求救，臉色當即就變了，這時候他可不想跟何飛軍扯上什麼關係，急忙撇清說：「何飛軍同志，你要相信組織會把事情查清楚的。」

何飛軍聽姚巍山沒有要救他的意思，就急眼了，衝著姚巍山叫嚷道：「姚巍山，你這個混蛋居然見死不救，你可別忘了，你做的事情我都知道，你等著吧，我就算是要死，也要拉著你墊背。」

姚巍山立時面如土色，趕忙辯解道：「何飛軍，你別胡亂講話，誣告別人可是要承擔責任的。」

何飛軍嚷道：「我誣賴你什麼了，我知道你想幫人低價競賣化工賓館，在拍海川市形象宣傳片時……」

姚巍山看何飛軍想把他的醜事都給揭露出來，立即叫道：「錢副書記，這個何飛軍是條瘋狗，請您趕緊將他帶走，別影響了市政府常務會議的進行。」

錢副書記銳利的眼睛掃了一下姚巍山，就像獵鷹發現了新的獵物一樣的興奮，這一眼看得姚巍山後背上的汗毛都豎了起來，心裏直叫苦，心說：他不會想把他也帶走吧？

不過隨即姚巍山就想到，像他這種級別的官員，省紀委要對他採取措施，必須要徵得省委的同意，他的膽氣因此壯了起來，看著錢副書記道：「錢副書記，你還不趕緊將這個無賴帶走，你不會是相信這個無賴所說的話吧？」

錢副書記也清楚他沒有將姚巍山帶走的權力，就向隨行人員一揮手，說：「將何飛軍帶走。」

省紀委的隨行人員就強行掰開何飛軍抓住會議桌的手，將何飛軍從會議室帶了出去。何飛軍嘴裏始終罵個不停，罵的就是對他見死不救的姚巍山，把姚巍山來海川所做的醜事都給一一抖了出來。

坐在那裏的姚巍山聽得膽顫心驚，臉色十分難看，好半天都說不出話來，直到胡俊森提醒他，大家都在等著他開會呢，他才回了一點神，強笑一聲說：「大家千萬別相信何飛軍所說的話，這個傢伙是個典型的無賴，他完全是胡說八道，胡亂攀咬的。」

姚巍山說話時，眼神不時偷瞄著與會的其他同志，也不知道是因為他做賊心虛，還是其他人並不相信他的話，他覺得在場的人都在用懷疑的眼神審視著他。

姚巍山感覺自己再也撐不下去，無法繼續主持會議了，便低著頭說：「何飛軍被雙規事發突然，事態嚴重，我必須要趕緊跟市委孫書記做彙報，今天的會議就到此為止吧。」

說完，沒等在場的人有什麼反應，拿起自己的東西就走出了會議室。

出了會議室之後，他回到自己的辦公室，關上門坐在那裏瑟瑟的發抖，心裏恐懼的想，難道自己這次也要被何飛軍拖下水了嗎？

姚巍山想了半天，不知如何是好，心中萬分沮喪，好不容易他才得到東山再起的機會，難道要因為何飛軍這個無賴完蛋了嗎？

就在這六神無主的時候，姚巍山又想起來李衛高來了，就抓起電話撥通了李衛高的號碼，說：「老李啊，我出了點麻煩。」

李衛高聽姚巍山說話聲音都變了，不由得愣了一下，趕忙問道：「姚市長，您先別緊張，跟我說究竟是怎麼一回事。」

「事情是這樣子的……」姚巍山就講了他和何飛軍的聯盟，以及何飛軍被省紀委帶走的情形。

講完，姚巍山急急地問道：「老李，你說我這次會不會也跟何飛軍一樣，被省紀委帶走啊？」

「你放心，一定不會的！」李衛高笑了一下說。

姚巍山半信半疑的說：「為什麼不會啊？」

李衛高說：「您還記得我們初次見面的時候，我對你是怎麼說的嗎？我說你現在是守得雲開見月明的格局，如果你連市長都沒有正式當上就出事的話，那怎麼能算是守得雲開見月明呢？所以你儘管放心好了，這次你一定會沒事的。」

姚巍山苦笑說：「老李，你不瞭解何飛軍這個人，這傢伙是個無賴，他被雙規之後，一定會胡亂攀咬我的，賊咬一口，入骨三分，我又怎麼能放得下心來呢？」

李衛高很有自信地說：「你就放寬心吧，我跟你保證一定沒事的，一來你現在正是氣旺的時候，諸邪不侵，何飛軍空口說白話，根本就無法傷到你的根本；二來，我用水晶洞加強了你的運勢，愈發的保證你今後的發展一帆風順。所以你不會在這時候出任何問題的。」

姚巍山聽李衛高這麼說，雖然他不是十分信服李衛高的說法，但是心神還是稍定了一些，他說：「那老李，你說這時候我該怎麼辦啊？我想這會兒海川市已經把何飛軍被雙規的事傳得沸沸揚揚的，一定會把我說的很不堪，說不定還會說我跟何飛軍沆瀣一氣，狼狽為奸呢。」

李衛高說：「什麼該怎麼辦啊？你慌什麼，我都跟你說了，你沒事，你這個時候一定要沉住氣，千萬可別自亂陣腳，該做什麼就做什麼，可別自己給自己找事。」

姚巍山想想也是，何飛軍除了知道他曾經想幫人低價收購化工賓館之外，還不知道其他的事。既然這樣，那他還慌個什麼勁啊？

姚巍山就說：「行啊，老李，我知道該怎麼做了。」

姚巍山就拿起水杯喝了口水，讓自己的情緒儘量的平靜下來，然後撥通了孫守義的電話。

姚巍山說：「孫書記，我要跟您彙報一件事，就是副市長何飛軍剛剛被省紀委的錢副書記宣佈雙規帶走了。」

孫守義平靜的說：「這件事我已經知道了，剛才省紀委的許開田書記打電話來跟我通報了這個消息。」

姚巍山聽孫守義的語氣這麼平靜，心裏有些懷疑孫守義早就知道了何飛軍要被雙規的事了，便有些警惕起來，不知道孫守義有沒有給他設什麼陷阱啊？

姚巍山現在對孫守義有了一個新的認識，開始意識到孫守義在政治手腕上並不差於他，甚至心機比他更為深沉。這是一個可怕的對手，他需要小心應對。

姚巍山沒有心思去想孫守義在這當中扮演了什麼角色，他更想知道的是何飛軍是因為什麼事被省紀委給雙規的，只有搞清楚這一點，他才能夠更好的做出應對。

姚巍山就問道：「孫書記，省紀委許書記有沒有說何飛軍究竟是因為涉嫌什麼事情被雙規的啊？」

孫守義心中有幾分懷疑姚巍山跟何飛軍一起做過什麼違法違紀的事，他很樂於看到姚巍山陷入這種窘迫的境地，就說道：「許書記也沒講具體的事情，只說何飛軍涉嫌違紀，省紀委決定對他停職審查。」

孫守義完全是一副官方口吻，對姚巍山來說，這些話說了等於沒說，只好哦了一聲，說：「原來是這樣。好了孫書記，我就是跟您彙報這件事的。別的就沒什麼了。您對這件事有什麼指示嗎？」

孫守義說：「沒什麼，就是提醒一下同志們，要以何飛軍為戒，千萬不要犯跟何飛軍同樣的錯誤。同時，如果有同志已經犯了類似的錯誤，就應該及早的向相關部門自首，爭取從寬處理，不要等到紀委的同志找上門來，可就什麼都晚了。」

姚巍山聽孫守義說的話，覺得似乎是專門說給他聽的，心裏就有些忿恨。不過姚巍山不但無法反駁孫守義，還得老老實實的說：「您提醒的是，我會把您的指示轉達給市政府其他同志的，讓他們以何飛軍為戒。」

結束跟姚巍山的通話後，孫守義臉上露出了一絲譏諷的冷笑，何飛軍在被雙規的時候一通亂咬，算是幫了他一個大忙，他相信接下來的一段時間，姚巍山一定會盡力想辦法消除何飛軍給他造成的惡劣影響。

但是這世界總是好事不出門，壞事傳千里的，孫守義相信何飛軍攀咬姚巍山的事已經像風一樣的傳遍了海川政壇，姚巍山想消除這個影響，根本就不可能。

海川市沒有人不知道何飛軍這個無賴是不能沾的，但是姚巍山偏偏不信邪，跑去跟何飛軍結盟，這不是自作孽是什麼啊？想到這裏，孫守義臉上的笑容更盛了，接下來就等著看姚巍山的笑話吧。

但是孫守義很快就發現，這個笑話不僅僅是關於姚巍山的，他這個市委書記也沒有能夠倖免。這主要是因為何飛軍被帶到省紀委之後，再也無賴不起來，整個人徹底崩潰了，除了老實交代自己犯過的罪行之外，不管有的沒的，就像竹筒裏倒豆子一般，劈裏啪啦的猛往外說。

主辦這個案件的人當然樂於看到何飛軍這麼配合，這時候，何飛軍買官的事反而變成了一件小事，由於何飛軍跟在孫守義身邊的時間比跟在姚巍山身邊來得長，因此知道孫守義的事反而比姚巍山要多很多。何飛軍為了爭取立功，就把孫守義這些違規的行為都給交代了出來。

很快傳到了孫守義的耳朵裏，他也無法淡定了，雖然他不用承擔什麼刑事責任，但是行政方面的責任他可是難逃其咎，這不得不說是一個出乎意料之外的負面影響。

審訊後期，何飛軍的心理已經徹底的扭曲，他認為不能自己一個人進來坐牢，最好能拖一幫人都進來作伴，於是他攀咬的範圍已不僅僅限於孫守義和姚巍山，而是擴大到海川市整個班子，把一些僅僅是聽聞到的事也當做了事實講了出來。

一時間，海川市班子裏的成員都先後被省紀委約談，海川市人心惶惶，領導們都忙於應付何飛軍這件事情，無心工作。

何飛軍的行為也給東海省造成了極為惡劣的影響，有媒體甚至說海川市整個領導班子都爛掉了，東海省委為此應該承擔領導責任。

省委書記馮玉清再也坐不住了，她不能看著何飛軍這個案子無限的擴大下去，如果任由省紀委這麼繼續下去，東海省恐怕就無人可用了。

馮玉清就緊急約見了省紀委書記許開田，直截了當的說：「老許啊，何飛軍的案子應該適可而止了。」

許開田也知道何飛軍的案子辦得有點大了，但是這個案子要如何停下來，案子搬到什麼程度為止，辦誰不辦誰，許開田卻不敢擅作主張。特別是何飛軍攀咬了代市長姚巍山，姚巍山是馮玉清接任省委書記後提拔的第一個幹部，許開田擔心如果辦了姚巍山，會讓眼前這位女書記很不高興。

馮玉清雖然是女性，但是政治手腕極為狠辣老道，對這樣一位省委書記，許開田可不敢輕易開罪，就說：「馮書記，我也贊同這個案子應該適可而止了，我把相關的情況跟您彙報一下吧。」

許開田就作了彙報，然後請馮玉清作指示。

馮玉清聽完沉吟了一下，說：「這樣吧，老許，對已經查有實據的犯罪行為，必須要嚴厲懲辦，其他一些僅僅是傳聞，沒有什麼直接證據的，就不要深究了；對我們的同志，組織上還是要以愛護為主，如果僅僅是因為一個無賴的污蔑就對他們展開全面的調查，那會嚴重打擊他們的積極性的。」

許開田聽馮玉清這麼說，就明白她的意思了。目前查有受賄實據的也就是何飛軍和他手下的幾個人，至於孫守義和姚巍山，還沒有什麼直接的證據，按照馮玉清劃定的範圍，不屬於應該查的人。

許開田就點了一下頭，說：「馮書記，我明白您的意思了。」

馮玉清又說道：「還有啊，老許，此次事件中發現的一些海川市領導階層的違紀行為，省紀委也不要輕易放過，該批評的就給與批評，避免讓他們成為下一個何飛軍。」

許開田趕忙說：「好的馮書記，我會遵照你的指示辦理的。」

由於馮玉清給這個案子定了調子，案件的偵辦方向就放在何飛軍和他部下那一小撮人的身上，對其他人的調查就偃旗息鼓了，沒有再深究下去。

雞飛狗跳了幾天的海川市政壇又恢復了秩序，孫守義和姚巍山這些天一直懸著的心終於落了下來，總算熬過了何飛軍這一關。

尤其是姚巍山，他原本還在擔心省紀委會調查出售化工賓館和拍攝形象宣傳片費用的問題呢，結果鬧騰了半天，辦案的範圍並沒有擴及到這兩件事上，算是僥倖過關了。

這讓姚巍山對李衛高又多了幾分感激和信服，要不是李衛高告訴他會安然渡過這次的難關，他很可能會自亂陣腳。

但是省紀委放過了姚巍山，不代表海川市的市民也放過了他。姚巍山在何飛軍被抓時表現出來的那個慫樣，很快就成了海川市街頭巷議中的熱門話題，市民們都議論紛紛，說姚巍山和何飛軍實際上是一丘之貉。

更有甚者，有人議論說省紀委實際上已經掌握了姚巍山的犯罪證據，但是因為姚巍山是省委書記馮玉清提拔起來的人，省紀委忌憚馮玉清，不想讓馮玉清沒面子，只好放過了姚巍山。

市民們對此頗為不滿，認為把海川市交給這樣一個貪官來管理，必然會給海川市帶來極大的危害，甚至有人要發起反對姚巍山的行動，不讓姚巍山當選海川市長。

孫守義看到這個提議，神經就緊張了起來，沒想到何飛軍出事竟然給海川政壇帶來這麼大的動盪。這時候如果再鬧出一個代市長沒有被選上的事件來，那孫守義這個市委書記恐怕真的是無法跟省委和馮玉清交代了。因此孫守義告知束濤，放棄原來的計畫，改為全力支持姚巍山當選。

北京，海川大廈。

經過裝修，熙海投資的辦公室終於開始啟用了。空氣中還散發著油漆的味道，湯曼指揮著工作人員進行最後的整理工作。

傅華從外面走了進來，湯曼迎上去說：「誒，傅哥，你跟江律師談的怎麼樣了？」

熙海投資對國土局收回土地的行政決定提起複議有一段時間了，因為牽涉到很多法律專業的知識，熙海投資便聘請北京「盈浩律師集團」的江方律師協助他們處理法律事宜，傅華剛剛就是去跟江方見面談案情的。

傅華搖了搖頭，說：「江律師對這個案子並不樂觀，這本來就是民告官，難度很大，我們又不十分占理，當然是勝算不大了。」

湯曼的神色有些黯淡，雖然對此她早有預料，但是人總是希望能夠聽到一些好消息的，聽到自己這方請的律師都不表樂觀，心情自然不會太好。

傅華說：「小曼，不用這麼沮喪，事情總有解決的辦法，頂多不做這兩個項目罷了。誒，辦公室佈置的差不多了吧？」

湯曼點點頭說：「差不多了，等再搞一個開業典禮，熙海投資就算是開張營業了。傅哥，現在熙海投資這個狀況，開業典禮有必要搞嗎？」

傅華說：「當然要，而且還要搞得很隆重，我們不能在氣勢上輸給別人。給你個任務，到時候把你哥哥給我拖來，幫我們壯壯門面。」

湯曼笑說：「這簡單，我通知他一聲就好了，他不敢不來的。」

傅華感激地說：「那謝謝你了，小曼，這段時間你辛苦了。」

湯曼甜笑說：「跟我還用這麼客氣嗎？」

這時，傅華的手機響了起來，傅華看了一下號碼，是馮葵打來的。他和馮葵的關係一直處於地下狀態，因此不方便在湯曼面前接這個電話，他就說：「小曼，你在這慢慢佈置吧，我出去接個電話。」

湯曼見傅華神秘兮兮地，便開玩笑說：「誰的電話還這麼神秘啊，是你新交的女朋友嗎？」

傅華笑說：「不是，就一個朋友。」

傅華說著，走出辦公室，在走廊上接通了電話，說：「你起床了？」

馮葵慵懶的說：「剛起來，你精力真旺盛，昨晚跟我折騰到那麼晚，居然還能那麼早起床去上班，我還以為你今天會留在家裏陪我呢。」

傅華笑說：「我可沒你那福氣，可以睡到自然醒，這邊還有一大堆的事情等著我來處理呢。誒，早餐我都給你做好了，你用微波爐熱一下就可以吃了。」

傅華雖然並沒有直接搬去跟馮葵同居，但是經常會留宿在馮葵的閨房，兩人過著一種隨意的半同居生活。他們很享受這份隨意的感覺，彼此都沒有往更深入的層面去發展的念頭。

那次馮葵堅持要做馮家的人，拒絕跟傅華私奔。事後傅華想了想，覺得他們在一起其實也沒有必要非有一個明確的名分。名分這東西，實際上並沒有什麼真正的用處，好比他跟鄭莉算是明媒正娶，但結局怎麼樣呢，還不是離了婚了？所以過好當下就可以了。

馮葵撒嬌著說：「謝謝你老公，你真好。」

傅華笑笑說：「那是當然。誒，小葵，我在工作呢，你還有事嗎？」

馮葵說：「沒什麼事，就是想讓你晚上早點過來。誒，你見過律師了嗎？」

傅華說：「見過了，不過形勢很不樂觀啊。」

馮葵說：「我也覺得樂觀不起來，行政複議這種事，權力都掌握在政府手中，他們要你方你就得方，要你圓你就得圓，你能夠推翻國土局決定的機會根本就不大，甚至是零。」

傅華說：「那你說怎麼辦？」

馮葵笑說：「叫我說啊，你直接把國土局告上法庭好了，讓法庭來做這個裁判官。而且法庭來處理影響比較大，會把公眾的視線吸引到這件事上，讓公眾來評判這件事情誰對誰錯。你也可以利用這些年來你結識的媒體人來為你造造聲勢，把這件事鬧大，讓法院不敢做出偏頗的判決。」

傅華聽了說：「我原本就打算等行政複議完結後，馬上就提起訴訟，反正我準備跟國土局耗上了。行了，我不跟你聊了，我還有很多事情要處理，晚上我會早點過去的，就這樣吧。」

傅華掛斷了電話，然後回到辦公室，對湯曼說：「小曼，辦公室就交給你了，我要出去一下，見個人。」

湯曼用懷疑的眼神看了傅華一眼，說：「傅哥，這邊的事基本處理得差不多了，我不用非在這裏不可，你要去見什麼人啊，我跟你一起去吧。」

傅華說：「這個人恐怕並不適合你見，你還是不要跟我去了。」

「什麼人不適合我見啊？」湯曼眼神中懷疑的意味更濃了，看著傅華問道：「是一個女人嗎？」

傅華知道湯曼心中在想什麼，笑了笑說：「你想到哪去了，我是為了工作上的事去見這個人的，而且這個人是個男人，不是什麼女人。」

湯曼這才笑說：「這我就不明白了，我現在算是熙海投資的一員吧？」

傅華說：「當然算了，你現在是熙海投資的主要負責人之一呢。」

湯曼說：「既然是熙海投資的一員，那工作上的事你為什麼不讓我知道呢？難道你不信任我？」

傅華搖搖頭說：「小曼，我怎麼會不信任你啊？而是這種事屬於那種上不了臺面的事，不太適合你參與。」

湯曼說：「我們現在算是在同一條船上，應該同舟共濟，既然這樣，你能參與的事，我也應該可以參與。」

傅華想了一下，他是要去見蘇強，對蘇強前段時間的幫忙表示感謝，同時他還需要蘇強幫他辦一件事。因為蘇強是混黑道的，因此傅華不想讓湯曼跟他見面。

不過，他轉念想想，讓湯曼見到蘇強也沒什麼大不了的，既然湯曼堅持要去，傅華也就沒再拒絕。

傅華交代說：「你要去也行，不過你去了之後，要儘量少說話，不要隨便去打聽什麼，知道嗎？」

湯曼聽傅華同意讓她參加這次的會面，臉上頓時就有了笑容，說：「行，頂多我去了當啞巴好了。」

兩人就離開海川大廈，傅華先找了一家銀行，提了十萬塊現金出來，用袋子拎著，然後帶著湯曼到了約定的地方去見蘇強。

蘇強看到傅華，笑著迎上來，跟傅華握了握手，然後下巴衝著湯曼一挑，問說：「傅先生，這是你的情人吧，真有眼光啊。」

傅華搖搖頭說：「別瞎說，這是我們熙海投資的人事總監湯曼。」

湯曼對蘇強稱她為傅華的情人並不介意，微微的笑了一下，向蘇強伸出手來，說：「很高興認識你，怎麼稱呼？」

「湯小姐叫我蘇強就好了，」蘇強受寵若驚的跟湯曼握了手，然後對傅華說道：「傅先生，你真是個人物啊，不但自己出色，身邊的女人也這麼出色，真是了不起啊。」

「好了，別瞎說八道了，」傅華說著，把手中的十萬塊遞給蘇強，說：「這是上次的報酬。」

蘇強把錢接了下來，微微掂了掂分量，然後放在一邊，說：「謝謝傅先生了。」

傅華說：「客氣了，這是你應得的，這次的事確實辦得很漂亮。」

蘇強笑笑說：「傅先生誇獎了。」

傅華說：「我還有一件事想麻煩你幫我辦一下，不知道你願不願意？」

蘇強爽快地說：「我跟傅先生合作這麼愉快，又怎麼會不願意呢？說吧，什麼事？」

傅華說：「北京副市長李廣武這個人你認識吧？」

蘇強聽了，說：「我在新聞裏看過他。」

傅華說：「你認識他的模樣就好了，我想讓你幫我查查這傢伙的底，有人說這傢伙養了一堆情人，看看你能不能幫我查出來都是誰。」

蘇強愣了一下，說：「傅先生，你想讓我去查副市長的底？這可有點不太好啊。我們這些人可是不願意跟官方打交道的。」

傅華笑說：「我沒讓你去跟他打交道，就是想讓你幫我查查這個人的底，查到什麼跟我說一聲就行了。」

蘇強想了想說：「這樣倒是可以操作一下。行啊傅先生，我會安排人去調查他的。」

傅華又說：「我希望儘快能得到結果，還有，這件事情要保密，你也知道你在查什麼人了，如果事機不密，被他知道你在背後查他，他的報復恐怕你很難承受的。」

蘇強不以為意地說：「傅先生，你也太小瞧我蘇強了吧，我蘇強在這一行也打拼好幾個年頭了，如果查一個人的底都能被人發現的話，那我也太沒用了。」

傅華說：「我不是不相信你，而是不怕一萬就怕萬一，我可不希望看到你出什麼事。」

蘇強滿不在乎的說：「肯定不會的，你放心好了，我會把這傢伙調查個一清二楚的。」

第六章

反擊號角

報導的最後，傅華做了一段有力的聲明，
雖然這報導並不會讓國土局撤銷收回項目土地的決定，
但至少幫傅華和熙海投資造出了反對國土局的聲勢，
直接吹響了熙海投資向北京國土局發起反擊的號角。

跟蘇強分手後，傅華開車跟湯曼回駐京辦。

在車上，湯曼不禁問道：「傅哥，你讓這個蘇強查李廣武的底是準備幹什麼啊？」

傅華說：「你這不是明知故問嗎？你難道不知道我究竟想要幹什麼嗎？還是你覺得我不應該這麼做？」

湯曼笑說：「我是有點不能接受，在我的印象中，你一直是個正派的人，想不到你還有這麼一面，以前我以為只有我哥那樣的人才會做事不擇手段的。」

傅華的臉紅了一下，確實像湯曼所說的，他為了利益而不擇手段了。他苦笑了一下，說：「抱歉讓你失望了，其實每個人都是一個多面體，有善良的一面，也有邪惡的一面，我自然也不例外。」

晚上下班後，傅華就直接開車去了馮葵的家。馮葵給了他一把鑰匙。進門後，傅華看到馮葵正繫著圍裙在廚房裏忙活，就走了進去，廚房裏充滿了煲湯的味道。

傅華沒見過馮葵洗手作羹湯的樣子，想到這個在商界叱吒風雲的女強人為了他，竟然變成了一副小女人的做派，心中自然很是感動，就從後面把馮葵擁進懷裏，親了一下她的臉頰，然後問道：「誒，大廚師，晚上我們吃什麼啊？」

馮葵笑說：「一個羊肉湯，一會兒再做一個番茄炒蛋，一個青菜，再拌些涼菜，可以嗎？」

傅華說：「太可以了，想不到我們的大姐大居然還這麼會做菜啊。」

馮葵往傅華的懷裏偎了偎，然後說：「切，我做什麼不行啊！你別在這裏添亂了，先出去等著吧，一會兒飯就好了。」

傅華就出了廚房，去客廳隨手打開電視，新聞裏正在播報中央最新出爐的人事任免決定，決定由彭波出任豐湖省省委書記，免去楊志欣豐湖省省委書記職務，另有任用……新聞接連公佈了三個省的省委書記任免的決定，看來新選出來的核心領導層已經開始全面調整人事佈局了。只是不知道楊志欣這個另有任用，會是出任什麼職務。

這時馮葵把飯菜端到了餐廳，喊道：「老公，吃飯了。」

傅華就去了餐廳，桌上已經擺好了兩涼兩熱四道菜，再加上一碗羊肉湯，傅華深吸了一口氣，說：「好香啊，小葵。」

馮葵笑說：「這時候叫我小葵可不行，要叫親親老婆才可以。」

傅華說：「會不會太肉麻啦？」

馮葵堅持說：「一定要，你不叫我就不許你吃。」

傅華笑說：「好，怕了你了，親親老婆。」

馮葵露出甜笑說：「這才乖，來，先喝一口湯，嘗嘗味道怎麼樣。」說著，馮葵端起了傅華面前的湯，用勺子舀了就要餵傅華喝。

傅華看到馮葵眼神中充滿了期待，知道這個美人恩他必須要消受，便就著馮葵的手把湯給喝掉了。

馮葵燉的湯確實很不錯，乳白醇厚的骨湯，鬆爛可口的羊肉，可謂色、香、味俱佳，傅華不由得嘖嘖稱讚說：「味道真好，老婆，你這湯做得很有專業水準啊。」

馮葵得意地說：「那當然，這可是費了我不少的心思才做出來的，燉了足足三個小時，再不好吃可就對不起我了。」

傅華看著馮葵說：「你這不挺有做賢妻良母的天分嘛。」

馮葵嘆說：「誒，老公，你可別指望我天天這麼做飯給你吃，偶爾一次半次還可以，如果天天都這麼做飯的話，那我別的什麼事都不用幹了。」

傅華笑說：「你不用這麼緊張，我也沒讓你天天這麼做飯，天天在廚房裏，你很快就會變成黃臉婆，我會捨不得的。」

「我就知道你會疼我的。」馮葵笑說。

兩人說說笑笑的吃完了飯，傅華就去廚房把碗給洗了，然後一起偎在沙發上看電視。

傅華說：「剛才新聞報了，豐湖省省委書記換人，彭波成了豐湖省省委書記，楊志欣另有任用。」

馮葵說：「這個是早就定好的，有消息說楊志欣要進國務院擔任副總理。誒，他全代會結束離開北京的時候，沒跟你說這些啊。」

傅華說：「沒有，他只是交代讓我想辦法把天豐源廣場和豐源中心這兩個項目給搞好。」

馮葵聽了，一語道破說：「這兩個項目可真夠你搞的，土地都保不住了，你還搞什麼啊？楊志欣也是夠狡猾的，他這是放你在這裏，要擾亂雎心雄的大後方，牽扯雎心雄的精力。」

傅華說：「其實這兩塊地也不是一點機會都沒有，我全面的研究了一下這兩個項目的情況，發現當初那家開發商是因為北京市規劃局調整了規劃，減少了可開發的土地面積，開發商才不同意按原來的金額繳納出讓金，而國土局卻不肯對此作出調整，雙方僵持不下，才導致出讓金沒有繳清的局面。」

馮葵說：「如果是這樣子的話，倒是還有爭取的餘地。不過官字兩張口，要怎麼處理還是他們說了算，所以你的勝算也並不大的。」

傅華嘆說：「現在我哪還有什麼勝算啊？現在的關鍵是分管這件事的副市長李廣武跟睢心雄是一夥的，如果是李廣武掌控的話，熙海投資恐怕一點機會都沒有。不論是申請複議還是提起訴訟，都會是有輸無贏的。」

馮葵看著傅華，說：「你一再強調李廣武這個傢伙，是不是已經想到什麼辦法對付他了啊？」

傅華笑說：「我是有一個主意，這傢伙是個色鬼，我想查查他的底，看看有沒有可以擊倒他的把柄。不過小曼覺得我這個主意有點不太正當……」

「小曼？」馮葵打斷了傅華的話，狐疑地說：「小曼是誰啊？她的意見對你這麼重要嗎？」

傅華解釋說：「小曼是一個朋友的妹妹，我倒不是覺得她的意見對我很重要，而是我這麼做，心裏也是有些排斥的。」

馮葵追問：「你朋友的妹妹，她漂亮嗎？」

傅華笑說：「你能不能嚴肅一點啊？我在跟你討論怎麼處理事情呢，你別扯到她漂不漂亮這上面去好不好啊？」

馮葵說：「還討論什麼啊，這件事你心中已經都有了主意，跟我討不討論都不會改變的，反倒是這個小曼突然冒出來是個新情況，她在你那兒是做什麼的？」

傅華愣了一下，說：「你說我心中早就有主意了？沒有啊，我還在猶豫不決呢。」

馮葵嗤了聲說：「好了別裝了，再裝就虛偽了。你這人就這點沒勁！其實這件事很簡單，選擇就兩個，一是你要盡力去保住這兩個項目；二是你對這兩個項目能不能保住聽之任之。」

馮葵說到這裏，看了傅華一眼，說：「你其實已經做出了選擇，你成立熙海投資，就是準備要大幹一場，想力爭保住這兩個項目的。既然是這樣，那就去做吧。」

傅華說：「做我當然是要去做了，只是……」

「只是什麼啊，」馮葵打斷了傅華的話，說：「現在對方對你已經是下手毫不留情，刀刀見骨了，你還在顧慮這顧慮那的，如果你老是這樣顧慮重重的話，那你索性就不要做這件事了，因為還沒開戰你就已經輸了。」

傅華忍不住說：「老婆，你能不能不要把話說得這麼直接啊？」

馮葵毫不留情地說：「難道我說的不對嗎？你要知道，商戰不是義戰，而是利戰，正所謂慈不掌兵，義不理財，如果只會講什麼仁義道德的，那你就完蛋了。仁義道德不是不需要講，而是等當你掌控了局勢再來講它裝門面的。」

傅華暗自感嘆，難怪馮葵能夠在極短的時間累積起巨額財富來，她看事情確實是比較透澈。現在他跟李廣武是兩個陣營間你死我活的博奕，這時候已經容不得他再對對手客氣了。

「老公啊，既然你準備做一番事業，那就不要束縛自己，放開了大幹一場吧。一個大男人猶豫什麼，要做就不要顧慮太多，直截了當的去把問題給解決了。」馮葵繼續鼓勵他。

於是傅華終於下定決心，為了他想要做的這一番事業，他要盡一切可能的手段，確保將這兩個項目保住。

這一刻，傅華的神情有點恍惚，他不知道這麼做是想證明些什麼，更不知道這麼做有沒有必要，但是他知道一點，那就是他真的想這麼做。

一直以來，他並不是一個野心很大的人，在官場上和商場上，他都在謹慎的控制著自己，不讓自己越過紅線。但是謹小慎微並沒有給他帶來美好的結果，反而處處受制於人，甚至連駐京辦主任這個職務都差點沒能保住。

幸好他在金達免掉他職務的時候，改變了一貫秉持的原則，對他的對手進行反擊，這才穩住了他在駐京辦的局面。鬥爭讓他的心開始變得冷酷起來。如果他能將這次的項目運作起來，就能更加穩固他在北京的基礎了。

馮葵看傅華好半天都沒說話，仰頭看了他一眼，說：「你在想什麼呢？」

傅華笑說：「沒什麼，就是出了一會兒神，你今天營造的氣氛太溫馨了，讓我都覺得這裏有家的感覺了。」

馮葵伸出手輕輕的撫摸著傅華的臉頰，溫柔地說：「是啊，我也覺得跟你靜靜的靠在一起是一種幸福，時間如果能夠固定在這一刻該多好啊，我們就可以總是很幸福的生活了。」

傅華笑了笑沒言語，時間當然不可能為他們而停止，但是這一刻真是很美好，他可不想說什麼來破壞這個美好的氛圍。

第二天一早，傅華一到辦公室，就打電話給「英華時報」的記者張輝。張輝是從海川來北京工作的，兩人是老鄉，也是老朋友，在北京經常會一起找題目聚一聚。

傅華之所以找張輝，是因為他想讓張輝做一下關於天豐源廣場和豐源中心的追蹤報導，想借機把這兩個項目相關的問題向社會大眾公開。讓社會大眾來評斷國土局的做法究竟合不合理。

現在既然決定要把這兩個項目保住，傅華想最好是行動能夠更積極主動一點，不要老是處於被動挨打的地位，要想辦法展開反擊。而借助新聞媒體來關注這兩個項目，就是傅華展開反擊的第一步。

他選擇張輝來協助他完成這件事，不僅僅是因為張輝跟他是同鄉、好友，還因為張輝是一個相對有良知的記者，以愛寫抨擊時弊的文章著稱，傅華希望能夠借助張輝的筆力，展現出熙海投資在這兩個項目上遭受的不公正待遇。

張輝接通了電話，說：「傅華，這麼早找我幹什麼啊？」

傅華說：「大記者，我這裏有一個題目很有新聞價值，想跟你聊聊，看看能不能幫我報導一下？」

張輝笑說：「我怎麼覺得你說話的口氣好像有什麼陰謀啊？我可警告你呀，那種有廣告嫌疑的東西我可不報導的。」

傅華說：「我知道你的脾氣，那種置入性廣告的東西我又怎麼會拿來麻煩你呢？我是想跟你探討關於天豐源廣場和豐源中心這兩個項目的問題。」

張輝聽了，詫異地說：「你說的是剛剛被國土局公告要收回的那兩個項目嗎？」

傅華說：「是啊，就是那兩個項目。咦，看來你早就在關注這件事了？」

張輝回說：「我有個習慣，只要看到一些有值得挖掘的新聞題材，就會留意收集相關的資料。天豐源廣場和豐源中心本身就是北京著名的爛尾樓工程，我曾經想要做個專題報導，看看能不能深入挖出這兩個項目之所以會成為爛尾樓的原因。」

傅華說：「既然這樣，那你就更該過來跟我談一談了。」

張輝說：「行，你等我一個小時吧，我先去報社把事情處理一下，然後就去駐京辦找你。」

一個小時後，頭髮已經禿了大半的張輝就出現在傅華的面前，他笑了笑說：「你這傢伙，這次打算怎麼利用我啊？」

傅華說：「你這個人就是愛多想，難怪你頭上的頭髮都快掉光了。我利用你什麼啊，我只是想跟你說明這件事的不公正，可沒有想利用你的意思。」

傅華就跟張輝詳細說明了關於天豐源廣場和豐源中心項目的實際狀況，講完之後，傅華特別提醒說：「大記者，有句話我可說在前面，這件事牽涉到的層面太多，其間的利害關係錯綜複雜，你究竟要不要參與這件事，可要事先想清楚啊。」

張輝笑了起來，說：「你在擔心什麼啊，你又不是不瞭解我這個人，我什麼時候怕惹上麻煩過啊?!遇到這種事，你不讓我查都不行的，所以不用想了，我回頭跟報社報告一下，就做一個專題報導好了。」

這正中傅華的下懷，於是傅華說：「既然這樣，那你就儘快開始吧，需要我做什麼配合，只管說一聲就是了。」

於是張輝就根據傅華提供的資料，對天豐源廣場和豐源中心展開了採訪和調查，很快就做成一篇報導。這篇報導剖析了這兩個項目之所以爛尾的主要原因，以及圍繞這個項目發生的一些疑點。

張輝把這兩個項目爛尾的原因，歸結於是開發商對這個地塊定位不準，資金實力跟不上等等之外，還有很重要的一點，那就是規劃部曾經調整過規劃，使得項目可開發的面積減少了一部分，從而造成開發商和國土部門相互扯皮，遲遲未能達成共識，也導致了土地出讓金遲繳的情形。

因而報導中認為國土局未能將和開發商爭執的問題給解決掉，就貿然的決定把土地收回去，顯然是錯誤的舉動。尤其是接盤的熙海投資主動表示要繳清出讓金，卻遭到國土局的拒絕，更是不合理的反應。

國土局拒不接受熙海投資繳清土地出讓金，原因很簡單，就是看到了土地的增值部分，想要通過重新拍賣來攫取暴利。他質疑當中是因為某些大集團插手的緣故。

報導的最後，傅華做了一段有力的聲明：他相信這個國度是有法律存在的，絕對不允許公權力被私人利益肆無忌憚的侵害，因此熙海投資已經做好一切準備，盡全力保護公司的合法利益。

雖然這篇報導並不會讓國土局因此撤銷收回項目土地的決定，但至少幫傅華和熙海投資造出了反對國土局的聲勢，直接吹響了熙海投資向北京國土局發起反擊的號角。

就在這篇報導刊載出來的當天，傅華在北京高院對國土局提出了行政訴訟，要求國土局撤銷錯誤的行政行為，接受熙海投資繳納的土地出讓金，完成土地出讓合同。

英華時報對此也進行了後續報導，傅華再次重申了他維護公司合法權益的決心，宣稱要不惜一切代價將這兩個項目保住。如果誰妄想拿走它們，他會跟他們死鬥到底的。

週末的下午，趙凱家。

傅華正在客廳陪著傅昭玩「星際大戰」中的玩具劍，趙婷跟朋友出去了，趙凱則是在通匯集團辦公；趙淼和章鳳也有自己的活動，因此都不在家。

玩了一會兒之後，傅昭有點累了，兩人就停了下來，傅昭打開電視，找了他喜歡的卡通片來看。傅華難得有時間能好好陪傅昭，也坐在一旁陪著傅昭看。

傅昭忽然轉頭用期待的眼神看著傅華，說：「爸爸，我能不能搬過去跟你一起住啊？」

傅華愣了一下，說：「怎麼了小昭，為什麼要跟我住啊，你不喜歡媽媽了？」

傅昭扁著嘴說：「我不喜歡她了，她總喜歡跟一些奇怪的男人做朋友，我討厭她那些朋友。」

趙婷在跟John離婚後，感情方面一直沒有安定下來，身邊的男朋友經常換來換去，還愛跟一些不入流的畫家、演員、歌手混在一起，追求所謂的新奇刺激，讓人很不放心。大概趙婷這樣子讓傅昭感到了難堪，所以才會提出來要搬去跟他住。

傅華想了一下，說：「小昭啊，你愛媽媽嗎？」

傅昭點點頭：「我當然愛媽媽了。」

傅華說：「那你希望媽媽幸福快樂嗎？」

傅昭說：「我希望她幸福，只是她交往的那些男人讓我感到很彆扭。」

傅華開導他說：「既然你希望她幸福，那就應該多在她身邊支持她，照顧她，而不是因為討厭她的朋友而離開她，你說對不對啊？」

傅昭想了一下，似乎明白了什麼，認真地點了點頭，說：「對，我要留在媽媽身邊保護她。」

傅華笑笑說：「這就對了，小昭啊，你和我都是堂堂的男子漢，媽媽是女孩子，我們有責任照顧好她的。」

談話間，趙婷從外面回來了，看到傅華跟傅昭在一起，笑說：「小昭，跟爸爸玩得高興嗎？」

傅昭興奮地說：「高興！媽媽，剛才我們玩星際大戰，我是天行者盧克，爸爸是黑武士，我們大戰了一場，最後我打贏了。」

趙婷不禁莞爾說：「哦，小昭好棒啊，小昭贏爸爸了。」

傅昭又說：「其實我知道是爸爸讓我的，媽媽，剛才爸爸跟我說，媽媽是女孩子，我和爸爸有責任照顧好你，你去跟你那些朋友玩吧，我不會再不高興了。」

趙婷把傅昭抱進懷裏，感動的說：「小昭真是媽媽的好兒子，我相信你會把媽媽照顧好的。」

傍晚，趙凱下班回來，看到傅華，高興地說：「傅華，你來了。」

傅華笑說：「爸，你怎麼週末也不休息啊，別累壞了身體。」

趙凱說：「不忙不行啊，通匯集團總算有復蘇的跡象，這時候我寧願忙一些，這樣活得比較充實。」

通匯集團前段時間經由出售資產、削減人員和開支，總算撐過了一段危機的時間。

趙凱向傅昭伸出手來，慈愛地說：「來小昭，讓爺爺抱一抱，只要看到小昭，爺爺就不累了。」

傅昭過來讓趙凱抱起他，爺孫倆就玩了起來。

看傅昭有人陪，趙婷就離開客廳，回到自己的房間。傅華也跟了過去。

趙婷看了一眼傅華，說：「怎麼了，你有事情要跟我說？」

傅華點點頭，說：「是的，小婷，你最近又在跟什麼人交往啊？」

趙婷說：「是個玩搖滾的歌手，你沒見過他不知道，那傢伙實在太酷了，飆起高音時，簡直就是帕華羅蒂再世。」

傅華無奈地說：「我怎麼覺得你這些男朋友都很不靠譜啊？再說，帕華羅蒂是唱歌劇的好嗎？」

趙婷笑說：「你當我不知道啊，我也就是形容一下他的厲害。他真的很不錯，哪天我帶你去聽他的演唱會啊？」

傅華敬謝不敏地說：「演唱會就省了吧。小婷啊，你怎麼就不能安分一下，找個正經八百的男人嫁了啊？」

趙婷瞅了傅華一眼，有些不高興地說：「怎麼，你要來教訓我啊？你有什麼資格教訓我？你跟鄭莉不是離婚了？你的婚姻生活不也是一團糟嗎？」

傅華苦笑了一下，說：「我是沒有資格教訓你，我也沒想要教訓你，而是兒子對你有看法了。你是不是帶你那個搖滾歌手見過小昭？」

趙婷點點頭，說：「他們是見過一面，怎麼了？」

傅華說：「小昭跟我說，他很討厭你那些朋友，甚至說想搬過去跟我住。」

「什麼，他要搬過去跟你住?!」趙婷叫了起來：「這孩子！那個搖滾歌手不就是穿著打扮前衛了些，身上還有刺青而已，有必要連媽媽都不要了嗎？」

傅華白了趙婷一眼，說：「小昭是個孩子，哪能理解那麼多啊？我跟他做了不少解釋，他才放棄要搬去跟我住的打算。小昭慢慢長大了，今後你注意一下吧，不要再把這些奇怪的人帶到小昭面前，不然他會對你這個做媽媽的有意見的。」

趙婷對兒子的感受自然很在乎，就點點頭說：「我知道了，我今後會注意的。誒，傅華，你下一步有什麼打算啊？」

傅華說：「我還沒想過這個呢，走一步看一步吧。」

趙婷調侃說：「你最近在北京挺轟動的嘛，爸爸說你還弄了一個什麼熙海投資公司出來，接收了兩個爛尾項目，又是上新聞報導，又是打官司的，鬧得不亦樂乎啊？」

傅華聽了說：「沒想到爸爸都知道啊。」

趙婷說：「他拿你當兒子呢，當然關心你的近況了。誒，你搞這麼多事出來要幹嘛啊？不是真的要做那兩個項目吧？爸爸說你是在為人解圍，並不是真想做這兩個項目，可我覺得不像，你這人向來做事認真，如果不是真要做這兩個項目，你應該不會那麼折騰的。」

傅華心中暗自佩服趙凱的老到，居然一眼就看穿了他的真實意圖，笑笑說：「你和爸爸說的都對，我做這件事本來是幫人解圍的，不過在過程中，我覺得這兩個項目大有可為，就想真的爭取發展一下。」

趙婷聽了說：「想得倒挺美的，爸爸說你的對手很強，擁有的資源比你強，恐怕不是那麼好對付。」

傅華笑說：「我也不是好對付的啊。」

趙婷關心地說：「不管怎麼說，你都要小心一些。」

傅華說：「我會的，誒，小婷，你要不要去熙海投資做個董事之類的啊，我想把我名下的股份分一點給你和小昭。」

傅華有將熙海投資股份重新安排的意思，雖然胡瑜非對他做出承諾，熙海投資完全由他來掌控，但是熙海投資的大股東洪熙天成財貿有限公司是天策集團設立的，即使是給了他全權委託書，讓他代為行使股東權，但代行總不是他自己的，傅華覺得必要時，還是要將這部分權力納入囊中才行。

在商言商，還是白紙黑字的合同比口頭承諾靠得住。現在熙海投資還處於風雨飄搖的狀態，沒有產生實質上的利益。一旦這兩個項目最後保住了，那就意味著熙海投資掌控著價值十幾億甚至幾十億的資產。

這麼豐厚的利益面前，誰也難保不會動心，胡瑜非和楊志欣也是一樣，如果兩人到時候不兌現承諾，傅華也沒辦法逼他們兌現。

傅華要做的是自己的事業，可不想為他人做嫁衣，在他的設想中，即使不能將洪熙天成持有的全部股份都據為己有，起碼也要擁有六成的股份才行，這樣他才能對這個公司擁有絕對的控制權未雨綢繆，這一切的安排都要趁熙海投資狀況還沒變好之前都做好。

趙婷笑說：「你這話是什麼意思啊？我和小昭又不缺錢用。再說，你這個熙海投資能存在多長時間還很難說呢，到時候如果熙海投資倒了，你分股份出來又有什麼用?!」

傅華誠懇地說：「我沒別的意思，就是覺得我對你和小昭的關心很不夠，以前我是沒這個能力，現在我有了，就想給你們點什麼來做補償。至於熙海投資，你不用擔心，我有信心能將它經營好的。」

趙婷笑說：「傅華，你不欠我什麼的，至於小昭，你多來陪陪他，盡你做父親的責任就好了，不用非要分什麼股份給他的。爸爸和我已經能夠給他足夠好的生活了。」

傅華看趙婷沒有要接受的意思，熙海投資目前狀態不明，也就不再堅持。

晚餐準備好了，保姆來叫傅華和趙婷出去吃飯。

趙凱看了一眼傅華，不禁說道：「傅華啊，你最近可是媒體上的熱門人物啊。」

傅華笑了起來，說：「爸，我哪是什麼熱門人物啊，不過就是這段時間天豐源廣場和豐源中心這兩個項目受人關注的比較多而已，等這股熱火勁過去了，我就會恢復到籍籍無名的狀態了。」

趙凱搖搖頭說：「恐怕你再也恢復不到籍籍無名的狀態了。這件事如果你做成功了，不但會在北京商界一炮而紅，熙海投資馬上就會成為在北京黃金地帶擁有兩個項目的實力公司，你個人的財富也會暴漲，甚至可能躋身財富榜上。」

傅華揮著手說：「我可不想上那個財富榜，很多人都說上了那個榜的企業家是被養肥了待殺的豬。」

趙婷在一旁吐嘈說：「傅華，你別做上榜的美夢了，現在國土局已經做了收回土地的決定，我不認為你有辦法推翻這個決定。」

趙凱說：「即使那樣，傅華也不吃虧啊，他現在狀告國土局，已經造成了轟動，就算訴訟失敗了，你也會被新聞媒體給記住的。」

傅華低調地說：「這種虛名還是不要的好。誒，爸，您覺得我這次的訴訟有幾分勝算啊？」

趙凱看了傅華一眼，說：「你還是不要問我的意見比較好。」

傅華聽趙凱這麼說，知道趙凱對這件事的態度並不樂觀，所以怕說出來打擊了他的信心。不過，即使是負面的，傅華還是想聽聽趙凱的看法。

傅華就說：「爸，您就說說看嘛，即使對我不利，我也可以自我警愓啊。」

「你堅持要聽的話，我就說吧，我認為，你這次一點勝算都沒有。」趙凱毫不留情地說。

傅華愣了一下，他沒想到趙凱對這件事完全不抱樂觀，而且是悲觀的態度。他好奇地問趙凱：「為什麼呢？」

趙凱分析說：「首先你要明白，這次國土局作出沒收土地的決定，肯定是事先進行過沙盤推演的，你想找出漏洞推翻它，可能性本來就很低。」

傅華面色凝重地說：「這點我也承認，這個案子我跟律師研究過，國土局做出的這個處罰決定相當的嚴謹，能找到的漏洞並不多，我勝訴的可能性確實很低。」

趙凱繼續說道：「第二點，你在採訪中所說的國土局不該處罰你們熙海投資的理由，我認為，那些理由根本就不足以推翻國土局的決定，而且，你不覺得把自己反駁對方的理由公諸於眾，是一件很愚蠢的事嗎？你把你的攻擊點都告訴了對手，還怎麼去打擊對方啊？」

傅華笑說：「這個我倒不覺得，這些理由就算是我不告訴他，對方也會猜個八九不離十的。」

趙凱接著說：「第三點，你這次是要跟官方博奕，我們的法制制度雖然已經完善了很多，但是權大於法這一點，還是沒有徹底的根除，恐怕你會在這上面碰個頭破血流的。一個不十分占理的案子，又碰上對方是北京的地頭蛇，手裏擁有比你強大太多的力量，這個案子你想贏，簡直就是天方夜譚。」

不得不承認，趙凱的分析很到位，切中要害，傅華想到和沒想到的因素，趙凱都替他說了出來。傅華的神色有些黯淡，一句話也沒說。

趙凱又說：「傅華，還有一件事我需要提醒你，你最近做事喜歡用一些上不了臺面的手段，這些手段確實快捷而且高效，但我要奉勸你，在這個案子中，千萬別用這個方法。」

傅華徹底呆住了，他確實是把那些見不得人的手段作為最後取勝的手段，如果連這個手段都不能用的話，那他可就一點贏的機會都沒有了。

第七章

空頭人情

傳華這麼說，表示萬一事情真有轉機，
天策集團還可以拿回他們的資金，
雖然只是本金，卻也可以避免一大筆損失。
胡瑜非想，這筆錢本來就已經打算要全部損失了，
既然這樣，送給傳華做個空頭人情也無所謂。

傅華用困惑的眼神看了看趙凱，趙凱笑了一下，說：「原因有兩點，首先是你這次的對手是國土局，你動用臺面下的手段，很可能會給官方找到整治你的把柄，別到時候官司沒打贏不說，還把自己填了進去。」

傅華說：「這個我自有分寸，那第二點原因呢？」

趙凱說：「第二點原因是，據我瞭解，你們熙海投資這次的主要對手是豪天集團和北京市的副市長李廣武，傅華，豪天集團的來歷你知道嗎？」

傅華點點頭說：「我知道，羅由豪是跟劉康齊名的黑道人士。」

趙凱說：「既然你知道這個羅由豪不是善類，就該知道你動用臺面下的手段來對付他，必然會遭受到他們的報復。北京的黑社會也許會因此掀起一場腥風血雨，傅華，你想過其中的利害關係嗎？」

傅華搖搖頭，說：「我還真沒有往這方面想過。」

趙凱說：「你沒想過，那我告訴你好了，如果事情真是鬧大的話，恐怕會引起相關部門的高度重視，北京可不比其他地方，絕對不允許任何混亂的，相關部門一定會對黑社會來一次嚴厲的打擊。傅華啊，你說到時候劉康還會出手幫助你跟羅由豪做對嗎？」

傅華陷入了長思。如果劉康真的跟羅由豪作對的話，也就意味著黑社會的一次大決裂，這絕不是劉康願意看到的。

雖然他跟劉康的關係很好，也不一定能讓劉康為他跟羅由豪決裂，恐怕更大的可能是劉康選擇置身事外，兩不相幫。可是如果劉康置身事外的話，也就等於傅華失去了能夠給對手最大威脅的最後手段。

趙凱對傅華的打擊並沒有到此為止，他繼續說道：「還有這個李廣武，我和李廣武打過很多次的交道，對這個傢伙很瞭解，他不是個好對付的人。就說一點吧，有人說這傢伙有很多的情人，但是他在北京這麼多年來，我從來沒聽說他跟什麼女人睡在一起而被抓的，雖然有不少女人被傳是他的情人，但那只是傳說，沒有人抓到真憑實據。」

傅華聽得有點傻眼，趙凱是在告訴他，想要對付李廣武也是不太可能的，李廣武做事謹慎，滴水不漏，根本就不會讓他抓住把柄。沒有把柄可抓，他這個小小的駐京辦主任又怎麼能夠擊倒這個副省級的高官呢？

趙凱一步步分析下去，把傅華計畫好想要走的路給堵死，等於是傅華計畫好的手段都用不上了；然而，他跟國土局和豪天集團的爭鬥已經是箭在弦上，不得不發了，難道說，他只能等著一敗塗地嗎？

一旁的趙婷看到傅華的臉色越來越難看，不滿的對趙凱說：「爸爸，你是不是說的太嚴重了啊，照你這麼一講，傅華這個熙海投資還有什麼可玩的？乾脆主動認輸算了。」

趙凱無奈地說：「不是我說的太嚴重，而是事實如此。」

趙婷埋怨說：「就算事實如此你也不能這麼說啊，傅華這時候是最需要鼓勵的時候，你卻這麼嚇他，算是怎麼一回事啊？」

趙凱看了一眼傅華，說：「傅華，我這麼說你害怕了嗎？」

傅華知道趙凱跟他說這些，絕對不是想嚇唬他的，趙婷的插話給他了一個思考的間隙，讓他想明白了趙凱真正想要跟他表達的意思，就點點頭說：「是的，爸，您這麼一說，我心裏很緊張啊，聽起來好像我一點贏的機會都沒有了。」

趙凱說：「那你下一步打算怎麼辦？放棄嗎？」

傅華搖了搖頭，說：「我不會放棄的。」

趙婷瞪了傅華一眼，說：「你沒有贏的機會，卻又不放棄，你想幹嘛，死撐啊？就算死撐也沒什麼用啊，最後不還是得把這兩個項目交出去啊？」

傅華慘笑了一下，說：「那我也不能放棄，即使死撐到最後一刻，我還是要撐下去。」

趙婷不禁搖頭說：「我真是不懂得你在想什麼，明明沒用的事，撐下去有意義嗎？」

「有意義，」傅華轉頭看了看趙凱，說：「爸，您說是不是？」

趙凱笑了，說：「是，我也覺得有意義，不管怎麼說，死撐下去就還有一線機會，放棄了卻等於一點機會都沒有了。」

趙婷看了看趙凱，又看看傅華，不解地說：「我說你們是不是傻了啊？明明死撐著也沒機會，你們卻還覺得有意義，這是什麼鬼邏輯啊？」

趙凱饒有深意地說：「小婷，你不懂，這世界上的事情就是這麼奇怪，往往是一開始看上去贏面很大的一方，最終卻贏不了；而那些一開始磕磕絆絆，隨時都可能輸的一方最後卻贏了。」

傅華深有同感地說：「是啊，許多知名戰役都是靠持久的堅忍才贏得最後勝利的。」

趙凱說：「這裏面其實是有一個規律的，敵我之間的強弱並不是一成不變，而是不斷在變化的；如果你一開始就放棄，那就無法經歷這個強弱的轉變，也就從根本上失去了可能贏的機會。」

趙婷仍不理解地說：「那你們怎麼能保證這個強弱就一定會發生變

化呢？」

傅華笑說：「小婷，這個誰也無法保證的，只有去試一試才會知道答案。我總有一種感覺，那就是這件事我絕對不會輸的，所以即使是死撐著，我也要撐下去，直到事情出現轉機的那一刻。」

趙凱衝著傅華點點頭，讚許地說：「傅華，你現在比我剛認識你的時候成熟多了。」

傅華不好意思地說：「經歷了這麼多事，我就是想不成熟也不行啊。」

趙婷看著趙凱和傅華，還是無法理解兩人這麼輕鬆的理由是什麼，苦笑著搖搖頭說：「真是搞不懂你們，事情都已經這樣了，為什麼還能夠這麼盲目的樂觀啊？」

傅華說：「是不是我們不樂觀，事情就可以解決了？」

趙婷說：「當然不是啦。」

傅華聽了說：「既然這樣，那為什麼不樂觀一點呢，起碼還可以心情愉快。」

與此同時，北京柏悅酒店五樓，主席臺餐廳的貴賓房裏，李廣武、睢才燾和羅茜男正在邊吃邊聊。

這場飯局是雎才燾因為傅華最近動作不斷，因而特意把李廣武約出來商量對策的。

為了迎合李廣武好色的秉性，羅茜男表現得很殷勤，她夾起菜盤裏的鳳爪，在小碟中輕輕地用筷子撥了幾下，馬上就骨肉分離了。

羅茜男將鳳爪去掉骨頭的部分夾到李廣武的面前，招呼著說：「李叔叔，來吃一塊這個。」

李廣武眉眼中帶著笑意，眼神不由自主的在羅茜男高聳的雙峰前流連著，嘴裏卻不忘謙讓著說：「怎麼好意思讓羅小姐親自幫我夾菜呢？」

羅茜男笑笑說：「您是長輩，我服侍您是應該的。」

李廣武聽羅茜男這麼說，渾身的骨頭都輕了幾分，臉上的笑容越發燦爛，用手不時摸著羅茜男說：「羅小姐真是會說話，這話說得我心裏特別的熨帖。」

羅茜男甜笑說：「李叔叔太誇獎我了。你別光顧著誇我，還是嘗嘗這道鳳爪吧，這兒的鳳爪做得鹹香中帶著一絲甜意，真是一絕啊。」

李廣武高興地說：「這個我一定要嘗嘗，羅小姐親自夾的菜，不好吃也好吃的。」

睢才燾的眉毛挑了一下，他不喜歡李廣武對羅茜男這副色瞇瞇的樣子，不過他現在有求於李廣武，不得不暫且將他的少爺脾氣壓了壓，說：

「誒，李叔叔啊，最近幾天英華時報上關於天豐源廣場和豐源中心這兩個項目的報導，您都看了吧？」

李廣武說：「我都看了，那應該是傅華那傢伙搞出來的。怎麼了睢少，這些報導讓你緊張了嗎？」

睢才燾說：「我怎麼會緊張呢，只是英華時報是一家很有影響力的報紙，我有些擔心李叔叔這邊會受這些報導的影響。」

「受這些報導的影響？」李廣武笑了起來，說：「睢少啊，你也太看得起他們了，那些記者不過就是幾隻蒼蠅罷了，雖然很討厭，但是也只能在你耳邊嗡嗡幾聲而已，我根本就不會去理會的。」

羅茜男在一旁說：「這些記者是可以不去理會，但是李叔叔，那個傅華將國土局告上了法庭，這對我們的商量好的事，不會有什麼影響吧？」

「告上法庭又能怎麼樣啊？」李廣武老神在在地說：「這裏可是北京市政府的地盤，難道說北京法院能夠幫著一個來自東海省海川市的傢伙來打北京市政府的臉嗎？不用想也知道他們是贏不了的。羅小姐、睢少，那個傅華愛怎麼上躥下跳，就讓他去上躥下跳好了，你們就把心放回肚子裏去，我保證讓你們拿到項目就是了。」

羅茜男媚笑著說：「李叔叔，您真是太好了，來，這杯酒我敬您。」

李廣武開心的說：「羅小姐敬的酒我一定要喝，來，我們碰一下杯。」

李廣武端起了高腳杯，湊到羅茜男的面前跟羅茜男碰杯，在碰杯的時候，他的手指就有意無意的在羅茜男的手上蹭了一下，然後這才端起酒杯喝了一口杯中酒。

李廣武這些小動作都看在睢才燾的眼中，就有幾分惱火，心說：李廣武你這個混蛋，竟敢在我面前調戲我的女人，真是有點活膩了，就有幾分想要發作的意思。

這時，羅茜男看睢才燾的臉色微變，知道睢才燾的少爺脾氣上來了，如果讓睢才燾的少爺脾氣發作的話，他們跟李廣武的關係馬上就會弄僵了，就趕忙陪笑說：「才燾啊，你別光看著，還不趕緊敬李叔叔一杯酒？」

睢才燾看到羅茜男眼神中制止他的意思，只好將一肚子火氣壓下，端起酒杯，說：「李叔叔，這杯酒我敬您，祝您身體健康，仕途一路高升。」

李廣武也注意到睢才燾眼神中的慍怒之意，意識到他剛才的動作惹火了睢才燾，心裏不由得一凜。他知道自己惹不起睢家，趕忙暗自提醒自己，羅茜男即使再香嫩可口，他也要克制住心中的急色，千萬不能再做出什麼出格的行為惹惱了睢才燾。

李廣武這些年能夠在官場上屹立不倒，一路高升，首要的一點，就是他懂得在關鍵時刻把持住自己，他就把留戀的眼神從羅茜男身上移了回來，跟睢才燾碰了杯，然後喝了一口酒。

接下來，李廣武就不再對羅茜男有什麼小動作了，恢復成一個彬彬有禮的長輩形象，甚至眼神都刻意不去看羅茜男。酒宴就在這種表面上和樂融融的氣氛中結束了。

羅茜男和睢才燾將李廣武送上車，看著他離開。

看到李廣武的車開走了，睢才燾不禁脫口罵道：「這個混蛋，真是色膽包天，竟然敢當著我的面調戲你，當我是空氣啊？」

羅茜男輕掐了睢才燾一下，說：「你總是這麼衝動幹什麼啊？他不就碰了我一下手指嗎？有必要這麼生氣嗎？」

睢才燾恨恨地說：「我真受不了他那副色瞇瞇的樣子，雖然是只碰了一下你的手，但是他心中還不知道怎麼想你呢。媽的，這傢伙就是看我爸爸最近風頭不順，所以才敢這麼囂張的對我，要不然借給他一百個膽子，他也不敢這樣的。」

羅茜男拉了拉睢才燾的胳膊，好言勸說：「好了，跟這種人不值得生氣，我們現在還需要用到他，暫且讓讓他，等我們拿到了項目，再來想辦法教訓他好了。」

形勢並沒有因為傅華的樂觀而變好，反而似乎是為了印證趙婷的擔心，出現了越來越不利於熙海投資的傾向。

首先就是北京市政府駁回了熙海投資行政複議的申請，認為國土局作出收回土地的決定於法有據，並無任何不當。

就在傅華接到駁回申請書的第二天，劉康打來電話，讓傅華過去一趟。

傅華趕去時，就看到白玄德正坐在劉康家跟劉康喝茶呢。他心中隱隱覺得有些不妙，搞不好白玄德來找劉康，是因為他要蘇強去查李廣武的事。

傅華跟白玄德打招呼說：「白董來了。」

白玄德笑笑說：「傅先生，這一向可是少見啊。」

劉康指了指面前一個空位，說：「坐吧。」

傅華就去坐了下來，劉康給他斟了杯茶，說：「知道我找你幹嘛嗎？」

傅華心虛地說：「是不是為了蘇強的事啊？」

劉康點點頭，說：「是的，你讓蘇強幫你去查李廣武，現在有人出面幫李廣武擋事了。蘇強就找了老七，老七把這件事跟我說，我聽了之後，覺得這件事情有些棘手，就把你找來，商量一下這件事要怎麼辦。」

傅華問白玄德：「能讓你感覺棘手的，對方的來頭一定很大，是不是羅由豪出面幫李廣武擋事的？」

白玄德搖了搖頭，說：「不是羅由豪，而是他的女兒羅茜男。蘇強跟我說，羅茜男在道上放出話來，說李廣武是他們豪天集團的朋友，任何人做任何事情損害到李廣武的，都是他們豪天集團的敵人，豪天集團一定不會放過他的。」

傅華不禁說：「這個羅茜男倒是夠聰明，居然能夠想出這一招來保護李廣武。」

劉康說：「傅華，現在羅茜男已經發話了，這件事你想怎麼辦？」

傅華看了劉康一眼，說：「您的意思呢？」

「我的意思啊，」劉康說：「我的意思很簡單，我不想跟豪天集團變成直接對立的對手。我跟羅由豪也是幾十年的老朋友了，不想臨到老時，反而把關係鬧僵了。所以傅華，我想請你給我個面子，這件事情就算了，不要再找人去查李廣武了。你看可以嗎？」

傅華心想：趙凱還真是說對了，劉康果然不願意跟羅由豪對立，他有些無奈地說：「您都開口了，還有什麼不可以的。白董，您回頭跟蘇強說一聲，就說我撤回調查李廣武的委託。」

白玄德滿意地說：「謝謝傅先生能這麼諒解蘇強，他確實惹不起豪天集團，所以不能完成您交代的任務。」

傅華趕忙說：「不用這麼客氣，是我讓你們為難了。」

蘇強的事情解決了，白玄德就告辭離開了。

劉康看了一眼傅華，說：「你是不是很需要找到李廣武的把柄啊？」

傅華失望地說：「我現在手裏幾乎沒有能打得出去的牌，我還想拿蘇強這裏當殺手鐧呢。」

劉康說：「那真是抱歉了，這殺手鐧不能讓你用了，如果我讓你這麼做，就等於是向豪天集團宣戰了，我現在老了，不想鬧出太大的動靜。」

傅華諒解地說：「我知道您的意思，您放心，我不去動用蘇強那邊的力量就是了。」

劉康說：「你還是沒懂我的意思，我的意思是不讓你去跟豪天集團硬碰硬。現在我肯定不能給你出這個頭的，你又不像羅茜男那樣掌控著一批手下，我不出面的話，你就等於是要一個人去面對豪天集團，那樣可就太危險了。你要知道羅茜男不僅是頭腦清楚，手段也很毒辣的。」

傅華說：「這個我已經領教過了。」

劉康勸說：「既然領教過了，那我就不需要再跟你費什麼口舌了，天豐源廣場和豐源中心這兩個項目你放手吧。」

傅華搖頭說：「這個我不能答應您，我不動用您的力量，並不意味著我就認輸了，這兩個項目我還想盡力去爭取一下的。」

劉康沉吟了一下，說：「你不想放手也行，那就靠你自己的努力去爭取吧。我想即使我不出面，只要你不採用一些非法手段，羅由豪看我的面子也不敢對你怎麼樣的。」

傅華苦笑了一下，說：「他們應該不會對我怎麼樣的，因為他們現在掌握著主動權，根本就無需再做什麼針對我個人的事了。」

從劉康那裏出來，傅華並沒有直接回駐京辦，而是去了胡瑜非那裏。現在熙海投資各方面都陷入了被動，他能走的路，都被羅茜男這個狡猾的女人給堵死了，他有點走投無路的感覺，就想向胡瑜非求教一下，看下一步該怎麼做。

胡瑜非看傅華垂頭喪氣的樣子，笑說：「看你這個樣子，不用說也知道事情辦得很不順利了。」

傅華神情苦惱地說：「我這次遇到高明的對手了，她好像能夠事先就猜到我做事的步驟，然後將我的路堵得死死的。胡叔，你教教我吧，這時候我該怎麼做啊？」

胡瑜非攤了攤手，愛莫能助地說：「這個我可教不了你，你向來是很有辦法的人，你都沒有主意了，我又能有什麼好主意呢？」

傅華沮喪地說：「那怎麼辦？難道就看著這兩個項目落入對手手裏？」

胡瑜非勸慰說：「不看著又能怎麼辦啊？傅華，現在我和你一樣，手裏都沒什麼牌可打了，除了看著，我們沒別的事情可做。這件事你已經盡力了，能夠把事情拖到現在，志欣也不會不滿意的。」

傅華還是很不甘心，楊志欣滿意，是因為楊志欣的問題已經得到了解決，而他辛苦了半天卻是一無所得，自然很不甘心，他還想藉此為自己開創出一番事業來呢。

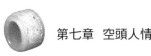

傅華忿忿地說：「可是我總覺得這件事不應該這樣的，似乎有什麼事情我沒做到一樣。不行，我絕對不能就此罷休！」

胡瑜非不置可否地說：「罷不罷休都隨你，一開始我就跟你說了，這件事由你掌控，決定由你做，我不會干涉你的決定的。」

傅華說：「既然這樣，那我還是決定盡全力將熙海投資給撐下去。誒，胡叔，有件事情我想跟你商量一下。」

胡瑜非說：「什麼事啊？」

傅華說：「是這樣子的，既然熙海投資已經這樣了，你能不能把洪熙天成財貿有限公司持有的熙海投資股份轉到我名下？」

胡瑜非愣了一下，說：「你這是什麼意思啊？熙海投資都這樣了，你還想要它？」

胡瑜非從天策集團轉過來的資金，絕大部分都交給天豐置業用於購買那兩個項目了，如果土地被收回去的話，這兩個項目將會一文不值，所以當初在訂立轉讓合同的時候，就約定了不管發生什麼情況，熙海投資都不能要求天豐置業返還購買項目的資金。

這是為楊志欣解套才設定的一個專門條款，也就是說，熙海投資無法拿回已經付出去的錢，所以這個公司現在等於是一文不值。傅華在這時候還想要將熙海投資轉入他的名下，難免就讓人詫異了。

傅華解釋說：「胡叔，我總覺得事情還有轉機，所以我還是想擁有這家公司，我覺得只有這樣，我才能全心全意的運作這家公司。」

胡瑜非猶豫了一下，說：「這個嘛……」

傅華看出胡瑜非有些不捨，畢竟這是幾億的資金，只要還有一線希望，恐怕誰都不願放棄的。就說：「這樣吧，胡叔，我答應您，一旦這兩個項目得以保全，我會讓熙海投資歸還天策集團注入的資金的。」

傅華這麼說，表示萬一事情真有轉機，天策集團還可以拿回他們的資金，雖然只是本金，卻也可以避免一大筆損失。胡瑜非想，這筆錢本來就已經打算要全部損失了，既然這樣，送給傅華做個空頭人情也無所謂。

胡瑜非就點了一下頭，說：「好吧，既然你想要熙海投資的股份，我就給你好了，回頭我會讓律師幫你辦理一下手續。至於條件嗎，就按照你說的，如果你保住了項目，天策集團的資金你要還回來的。」

雖然熙海投資在天豐源廣場和豐源中心項目上陷入了困境，但是海川駐京辦的工作還是要繼續的。

第二天，傅華一早就去首都機場，他是去接常務副市長曲志霞的，曲志霞這次來北京是繼續她在職博士的課程。

曲志霞看到傅華，笑著跟傅華握了握手，說：「辛苦了，傅主任。」

曲志霞笑得很是燦爛，顯然心情很愉快。傅華忙回話說：「副市長您太客氣了，駐京辦本就是為領導服務的嘛。」

傅華把曲志霞的行李接了過來，把曲志霞接上了駐京辦的車，然後車子就往海川大廈開去。

在車上，曲志霞問：「傅華，你跟市裏說要做的那家熙海投資，現在做的怎麼樣了？」

傅華心說：不怎麼樣，還沒正式開始呢，就已經陷入山窮水盡的地步了。但是這個情況不能跟曲志霞講，這些領導們大多好大喜功，如果告訴她這家公司沒戲唱了，曲志霞一定不會高興的。

傅華就避重就輕地說：「一切都在按照計畫進行，辦公室已經裝修好了，後天就要舉行開幕典禮。副市長您來的正好，到時候就請您作為嘉賓，幫我們進行剪綵吧。」

曲志霞是常務副市長，是駐京辦的直接分管領導，由她來進行剪綵，既表示了對曲志霞的尊重，身分上也很合適。

曲志霞想了一下，說：「後天啊，我後天學校有課，這樣子的話，那我可要跟學校請假了。」

曲志霞這麼說就是答應了，傅華就說：「謝謝您對我們駐京辦工作的支持。」

曲志霞說：「這是應該的。傅主任，你很不錯啊，駐京辦的局面可是越來越大了，我看了一下你彙報到市裏的資料，天豐源廣場和豐源中心這兩個項目可是很大的，你好好把這兩個項目給建好，到時候我再來北京，也可以自豪的跟朋友說，這兩個項目我們海川市也是有份參與發展的。」

傅華心裏暗自苦笑不已，心說項目能不能保得住都還很難說呢。

閒聊著就到了海川大廈，傅華幫曲志霞辦好入住手續，就退了出去。

曲志霞等傅華關上了房門，稍稍的停了一會兒，確信傅華已經走遠了，才拿出手機撥打了導師吳傾的電話。

如果說曲志霞對北京有什麼特別想念的話，那吳傾絕對是其中之一，她不喜歡吳傾的為人，但是很喜歡吳傾在床上那些層出不窮的花樣。這些花樣給了她身體極大的愉悅，讓她明知跟吳傾在一起為社會道德所不容，卻欲罷不能。

吳傾很快接了電話，說：「志霞，到北京沒有？」

曲志霞說：「到了，我想你了，晚上我們見面吧。」

吳傾笑說：「行啊，我也想你了，到時候我等你電話。」

晚上，曲志霞另找了一家酒店，開好房間，便讓吳傾趕來跟她相會。這次吳傾不敢再怠慢她，很快就趕了過來。

看得出來吳傾是精心打扮了一番，曲志霞看了他一眼，立即過去跟吳傾擁吻在一起。吳傾對曲志霞的回應也很熱烈，兩人分別了一段時間，自然乾柴烈火，一發不可收拾。

雲收雨住，曲志霞依然捨不得跟吳傾分開，摟緊了吳傾，忍不住問道：「吳傾，你覺得我跟田芝蕾的身體哪一個更好一點？」

吳傾稍稍愣了一下，他是遊戲花叢的老手，自然曉得千萬不能當一個女人的面說別的女人好，否則又要惹得曲志霞變臉，就小心翼翼的說：「這個嘛，當然是你更好了。」

曲志霞嗤了聲，說：「吳傾，你別騙我了，田芝蕾那個小狐狸精比我年輕那麼多，怎麼會不如我呢？」

吳傾陪笑著說：「這我可沒騙你，年輕不一定就好啊，你身上有一種特別的風韻，比她更能帶給男人愉悅。」

曲志霞反駁說：「既然我好，那你怎麼還跟她勾勾搭搭的啊？你可別告訴我你們早就不來往了。」

吳傾忍不住說：「志霞，我說了你可別生氣啊，一道菜的口味再好，老吃也是會膩的嘛。」

曲志霞的臉色就變了，說：「原來你是拿我們倆換口味啊？」

曲志霞語氣不善，吳傾就有些緊張了，他吃過曲志霞幾次苦頭，知道曲志霞說翻臉就翻臉，趕忙說：「其實這一點，男女都是一樣的，你現在不是也在拿我換口味嗎？」

曲志霞沒想到吳傾會這麼說，錯愕之間倒也覺得吳傾說的很有道理，她會覺得吳傾比丈夫好，可能也是因為吳傾不經常跟她在一起，如果經常在一起的話，說不定她也會厭倦的。

曲志霞笑了，說：「算你這一次說對了。」

吳傾看曲志霞笑了，心裏暗自鬆了口氣，就趁勢說：「其實志霞，我們倆想處的不錯，每次跟你在一起，我也感到很愉悅，真是沒有必要鬧得那麼僵的。」

曲志霞反覆無常的性格，讓吳傾總覺得有一種威脅，偏偏曲志霞手中握有他的把柄，讓他不得不老老實實的承受曲志霞肆意的凌辱。

曲志霞白了吳傾一眼，說：「吳傾，這你不能怪我，我又不是變態狂，不是非要折磨你不可，重點是那個田芝蕾老愛故意來挑釁我，沒辦法，我沒法拿她出氣，只好把氣撒到你身上了。你如果能夠跟她了斷清楚，我們之間就不會有什麼問題了。」

吳傾遲疑了一下，說：「這個嘛……」

曲志霞說：「捨不得了吧，捨不得就不要再跟我廢話了。」

吳傾看了一眼曲志霞，說：「你讓我想想好了。」

兩天後，熙海投資的開幕典禮在海川大廈隆重舉行。

雖然熙海投資的前景很不妙，但是傅華依然堅持要把場面做大，他跟湯曼說，這是熙海投資在北京商界正式登場亮相，哪怕明天就關門，今天也不能在商界大老面前弱了氣勢。

因此傅華這次遍邀各界好友來給他妝點門面，趙凱、趙婷、胡瑜非自然是不用說了，湯言、劉康、曉菲和高穹、高芸等人，他都發了請帖。一時之間，北京商界的頭面人物有一大半都被他邀請來參加了這次聚會。

他也給蘇南發了請帖，想借此機會重拾往日的友情，沒想到蘇南還是放不下面子，藉口有事走不開，只托曉菲帶了一份賀禮過來，並沒有到場。

傅華也給鄭莉的父親鄭堅發了一份請帖，但這是禮貌上的考慮而已，他並沒有期待鄭堅會來祝賀他。他沒有照顧好人家的女兒，鬧到最後還跟鄭莉離了婚，又怎麼敢期待這個前岳父能過來祝賀他公司開張呢？更何況鄭堅一開始就不贊同鄭莉跟他結婚。

沒想到鄭堅還真來了，倒把傅華搞得有些尷尬，有點不知道該怎麼稱呼鄭堅。

倒是鄭堅沒那麼多顧慮，見到傅華就搥了傅華肩膀一下，笑笑說：「小子，你早去幹啥了？你早把生意做起來，小莉大概就不會跟你離婚了。」

傅華苦笑了一下，心說鄭莉跟她離婚的根源哪是在他做不做生意啊？不過他也沒心情去跟鄭堅爭辯什麼，就說：「我有些天沒見小莉了，她還好嗎？」

離婚之後，傅華去鄭老家看過傅瑾幾次，不知道鄭莉是不是刻意避開他，還是真的忙得不可開交，每次去鄭莉都不在，所以他跟鄭莉有段時間沒見過面了。

鄭堅說：「好不好我也不知道，反正她現在很忙，我也很少見到她。」

傅華也給黃易明和許彤彤、尹章他們送了請帖。不過黃易明身在香港，尹章和許彤彤則是在橫店拍戲，都不能到場。黃易明和尹章便讓天下娛樂公司的人送了一份賀禮來。許彤彤則是專門打電話來跟傅華作了解釋。

馮葵也鬧著要來參加這個典禮，她說要以普通朋友的身分到場祝賀，卻被傅華堅決的拒絕了。傅華擔心馮葵常在他身邊出現，會引起馮家的人注意。

這倒不是傅華怕馮家的人，而是最近他要打起全副精神來應付熙海投資的事，無法分神再去處理他跟馮葵的情事。

會場上也有不請自來的客人，羅由豪和羅茜男父女倆竟然相偕來到海川大廈。

羅由豪看到傅華，抱怨說：「傅先生，你很不夠意思啊，公司開張怎麼也不給我發張請帖啊？」

羅茜男也假意說：「是啊，傅先生，我們總算打過幾次交道，怎麼連張請帖都不給呢？該不會是熙海投資還沒開張就陷入困境，連杯水酒都請不起吧？」

羅茜男這個口吻擺明了是想來找事，傅華的臉色就變了，剛想發作，劉康看情形不對，趕忙走了過來，笑著跟羅由豪寒暄打招呼。

劉康這一加入，把傅華和羅茜男間劍拔弩張的氣氛給沖淡了很多。兩人雖然看對方的眼神都不善，卻沒有當場衝突起來。

九點整，開幕典禮正式開始，傅華做為熙海投資的董事長首先講了話，對來參加酒會的朋友們表示了歡迎和感謝，並說明了熙海投資目前的狀況。當然，傅華並沒有把熙海投資真實的狀況如實講出來。

接著是曲志霞作為駐京辦的領導講了話，然後就由曲志霞、趙凱、胡瑜非、高穹這些級別和輩分高的人出面剪綵，幾把剪刀同時喀嚓一下把紅綢剪斷，熙海投資就算是正式開張營業了。

剪綵過後，熙海投資在海川大廈搞了一個小型的慶祝酒會，採用的是自助餐的形式，賓客可以們依據自己的喜好自選食物酒水，方便相互交流。

傅華跟高穹和聊了幾句，表示想把項目的建設部分交給和穹集團來做。和穹集團是一家實力強大的公司，傅華很放心，加上他和高芸關係也不錯，合作起來應該沒什麼阻礙。

聊了一會兒，胡瑜非走過來，高穹和就跟胡瑜非聊了起來，雖然出了高芸悔婚的事，倒是沒太影響到胡高之間幾十年的交情，兩人聊得很開心。

傅華就走向另一邊，想去跟徐琛、蘇啟智聊聊，沒想到半路上正碰到端著食物的羅茜男。

羅茜男語帶諷刺地說：「傅先生，我真沒想到你能把熙海投資的開幕典禮搞得這麼盛大隆重啊。」

傅華笑說：「這算是隆重嗎？我還覺得遠遠不夠呢，我們熙海投資這次要砸幾十億在北京開發地產項目，跟幾十億的投資比起來，這個典禮實在是有點寒酸呢。」

「砸幾十億在北京，」羅茜男笑了起來，說：「傅先生，你真敢吹牛啊，你也不怕風大閃了舌頭啊？」

傅華很有膽氣地說：「不怕，我活這麼大，還真沒聽說過誰的舌頭在風中閃了的。」

羅茜男不屑地說：「好了傅先生，別裝幽默了，你當我不知道你們熙海投資的大部分資金都給了天豐置業，還幾十億呢，你現在能夠拿出個一千萬我都佩服你。」

第八章

多行不義必自斃

傅華說：「我覺得睢心雄和李廣武會倒臺是有依據的，
這個依據就是多行不義必自斃，
睢心雄做那麼多壞事，也該到他受報應的時候了。
所以羅小姐還是小心些，
別到時候這座靠山倒了被砸到了。」

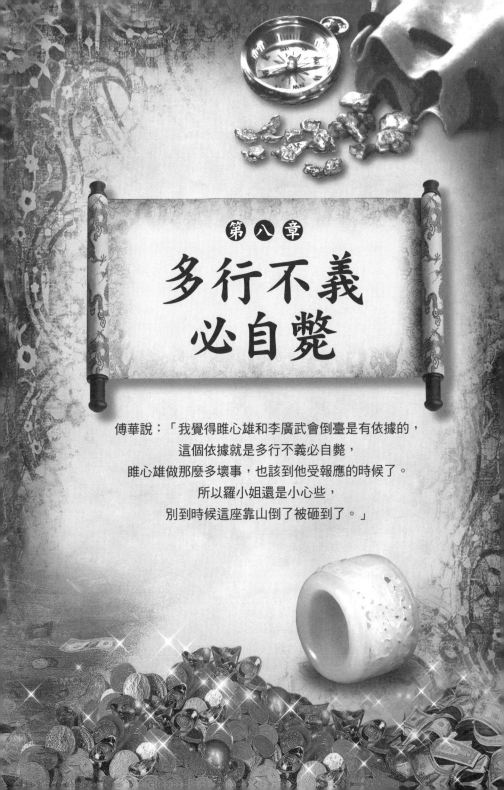

傅華看了羅茜男一眼，心中暗自警惕，感覺羅茜男似乎對熙海投資的情況很熟悉，財務狀況向來是一家公司的商業秘密，羅茜男卻能信口就說出西海投資賬上連一千萬都沒有，顯然是有人向她洩露了內情。

傅華自然不會承認熙海投資連一千萬都拿不出來，神態依舊如常地說：「羅小姐，我不知道你是從哪裡得到這個假消息的，不過我知道的是，熙海投資資金雄厚，除了受讓的這兩個項目之外，公司還有一些項目在談。當然，這都是我們的商業秘密，我就不詳細透露給你了。」

「傅先生真是幽默啊，」羅茜男譏笑說：「還受讓的兩個項目之外呢，你這兩個項目土地都要被收回去啦，這個你還沒跟今天來參加典禮的客人們宣布吧，要不要我幫你講給他們聽啊？」

傅華知道有羅由豪和劉康在場，羅茜男不敢太讓他難堪，因為那樣就有點來砸場子的意思了，這會惹到劉康不高興的，羅茜男應該還沒那麼傻；再說，土地要被收回的事，在場很多人都知道，羅茜男宣不宣揚都是那樣，傅華也沒必要遮遮掩掩的。

於是傅華擺出一副輕鬆的樣子說：「那就隨便羅小姐了，要不要我給你找個麥克風什麼的，好讓你廣而告之啊？」

羅茜男狐疑地說：「想不到還嚇不住你！誒，傅先生，我真是佩服你啊，熙海投資還沒正式開業就要倒了，你卻還能這麼鎮靜自若，不知道是什麼讓你這麼有底氣啊？」

傅華面色平靜地說：「很簡單，我有信心能夠保住這兩個項目，這就是我的底氣。」

羅茜男嗤了聲說：「傅先生，你醒醒吧，國土局收回土地的決定已經不會更改了，你們複議的申請也被駁回，現在就等著行政訴訟敗訴了，只要你們一敗訴，土地馬上就不屬於熙海投資了，如果你的自以為是也算底氣的話，我真的無話可說了。」

傅華說：「這不是還沒敗訴嗎？我這個人做事，向來是不到最後關頭不輕言放棄的。」

羅茜男笑說：「呵呵，傅先生，是不是也可以這麼說，你是不到黃河心不死啊？我看這次你就不要再心存幻想了，你能走的路我都給你堵死了，我實在想不到你還有什麼辦法能保住這兩個項目。」

傅華看了羅茜男滿臉自得之色，心中十分不平，你這個臭女人用得著這麼囂張嗎？這兩個項目還沒到你手裏呢，難道你就敢保證這中間沒什麼變故發生嗎？」

傅華想噁心一下羅茜男，讓羅茜男不再這麼囂張，便笑了笑說：「羅小姐，你是不是覺得你和睢才燾已經贏定了啊？」

羅茜男得意地衝著傅華點了點頭，一副勝利者的口吻說：「是，我認為我們贏定了。」

傅華回擊說：「羅小姐，你先別這麼得意，這個世界上的事情是很難說的，你以為你靠著睢心雄和李廣武的操作，就一定能從我手裏把這兩個項目給奪走？我看倒不盡然，也許他們兩個會在這期間倒臺了呢?!」

羅茜男愣了一下，到目前為止，她之所以占盡上風，根源就在睢心雄和李廣武這兩個人的身上，是這兩個人幫她擺平一切的關係，才讓她有機會把這兩個項目從傅華手裏奪下來。如果這兩人倒臺了，形勢馬上就會來個大逆轉，她自然有些緊張。

羅茜男心裏罵了一句可惡，然後說：「傅先生，你不覺得你很無聊嗎？難道你詛咒才燾的父親和李廣武，他們就會倒臺嗎？簡直是太好笑了，真是跟個傻瓜似的。好吧，如果精神勝利法也算是一種勝利的話，那我承認你贏了。」

傅華搖搖頭說：「羅小姐，我並不是詛咒他們，我這麼說，是因為我確信他們必然會倒臺的。」

羅茜男的神色就不那麼輕鬆了，這兩個人並不是手腳乾淨的人，如果真有什麼把柄落到傅華手裏，倒臺也就是剎那間的事而已。

羅茜男看了一眼傅華，說：「你說確信他們會倒臺，有什麼依據嗎？你不會是來嚇唬我的吧？」

傅華促狹地說：「好了，你不用這麼緊張，我其實是逗你玩的，如果我真有什麼能讓他們倒臺的依據，今天羅小姐恐怕就沒有這個機會在我面前耀武揚威了。」

「你竟然敢耍我？」

羅茜男的眼睛瞪了起來，正想發作，隨即意識到今天這個場合不適合她發威，而且她現在占盡了上風，是勝利者，也該有點勝利者的風度。就笑了笑說：「傅先生，我不會跟你生這個閒氣的。我能想像得出你現在因為保不住這兩項目而有的那種沮喪感，好吧，如果跟我開幾句玩笑就能讓你心情好一點的話，那你就儘管開我的玩笑好了。」

傅華諷刺說：「想不到羅小姐原來涵養這麼好啊，既然這樣，那你應該不會介意聽完我這最後一句玩笑了。」

羅茜男聳聳肩說：「我不介意，你說吧，我倒要看看你還能玩出什麼新花樣來。」

傅華說：「我覺得睢心雄和李廣武會倒臺，是有依據的，這個依據就是多行不義必自斃，睢心雄在嘉江省做了那麼多壞事，為他們家族撈了那麼多錢，也該到了他受報應的時候了。所以羅小姐還是小心些，別到時候這座靠山倒了被砸到了。」

羅茜男臉上的笑容僵住了，瞪了傅華一眼，說：「你就逞你的口舌之利吧。」說完，就不再搭理傅華，轉身氣哼哼的離開了。

高芸在這時走了過來，疑惑地說：「我看羅茜男的臉色很難看，你又惹她了？」

傅華說：「我也不想惹她，不過她今天來就是想看我的笑話，我才忍不住收拾她兩句的。」

高芸提醒說：「這個女人不好惹，你還是小心點比較好。」

傅華苦笑了一下，說：「不好惹我也惹了，而且是她先來惹我的，我躲都躲不開。你知道嗎，這次在背後跟熙海投資爭項目的，就是這個女人掌控的豪天集團。她想憑藉睢心雄的力量，將這兩個項目從我手中搶走。」

高芸說：「那你可有得受了，這女人不是個好對付的對手。」

傅華苦笑說：「這我已經感受到了，現在熙海投資舉步維艱，眼見就要拱手將項目交出去了，這都是羅茜男這個女人在背後搞的鬼。」

高芸詫異地說：「沒想到熙海投資目前的處境這麼艱難啊？那你搞這麼盛大的開幕典禮幹嘛？我還以為你找到解決問題的辦法了呢。」

傅華在高芸面前是放鬆很多的，他不想對高芸有所隱瞞，心中有許多話也想找人訴說一番，就說：「我其實是在唱空城計，這時候我更不能給世人一種已經輸了的印象，我必須讓他們覺得我會抗爭到底。」

高芸擔憂地說：「可是光唱空城計是不行的，你還是要找到能解決問題的辦法。」

傅華說：「這我也知道，可是目前我還沒想到能夠扭轉局面的辦法，只好能撐一天是一天啦。」

高芸關心地說：「傅華，那我能幫你做點什麼嗎？」

傅華搖搖頭說：「這件事和穹集團幫不上什麼忙的，眼下連胡叔都沒招了，你們就更不行了。」

「胡叔都沒招了？」高芸的眉頭皺了起來，「胡叔一向足智多謀，如果連他都沒招了，說明這件事真的很難解決啊。傅華，你也別硬撐著了，實在不行的話，放棄算了。」

傅華嘆了口氣，說：「實在不行，我會放棄的。」

這時，傅華看到離他不遠處的曲志霞接了一個電話，然後就神色匆忙地向他走過來，傅華趕忙迎上去說：「曲副市長，您有什麼事嗎？」

曲志霞說：「傅主任，我學校有點事，需要趕緊趕回去，你派個車送我一下吧。」

傅華就安排了一部車，曲志霞上了車後，對傅華說：「你回去招待你的客人吧，我一個人回學校就好了。」

曲志霞的神色似乎有些不對，但是傅華的確不好在這時候離開，就說：「那曲副市長，我就回去招待客人了，您如果有什麼事需要我的話，再給我電話。」

曲志霞說：「行，你趕緊回去吧，別怠慢了貴客。」

車上，曲志霞的臉色一直是陰沉著的，心裏暗罵吳傾和田芝蕾不已。

原來曲志霞剛才接的電話，是她的師妹田芝蕾打來的，田芝蕾劈頭蓋臉的把曲志霞給臭罵了一頓，罵她這個老女人不知羞恥，竟然想獨佔吳傾，搞得吳傾要跟她分手。

臭罵了一頓之後，田芝蕾轉而要求跟曲志霞談判，要曲志霞馬上趕回學校去，跟她商量下一步該怎麼解決他們三個人的關係，如果曲志霞不及時趕回去的話，她就要向校方投訴吳傾，說吳傾濫用導師的權力，脅迫學生跟他上床。

田芝蕾現在完全是失控的狀態，如果她跟田芝蕾對著幹的話，田芝蕾真的很可能將他們三人混亂的關係公諸於眾，曲志霞自然不敢置之不理，這牽涉到她的仕途，更牽涉到她的家庭，於是只好匆忙離席，趕去學校。

曲志霞到了之後，趕緊給吳傾打電話，吳傾還不知道田芝蕾找曲志霞鬧事的事，表功似的跟曲志霞說：「志霞，我已經跟小田講好了，今後不會再跟她有什麼私下的往來了。」

曲志霞心說：你講好什麼了啊，田芝蕾都找上我了，還說講好了?!便很不高興的說：「吳傾，你究竟有沒有腦子啊？你要跟田芝蕾了斷，起碼先要確保田芝蕾不鬧事才行啊，現在倒好，她拿要向學校揭發我們的關係作要脅，要我回學校跟她談判！」

「什麼？」吳傾驚訝的叫了起來，說：「小田不會這樣吧？她在我面前很乖的。」

曲志霞不屑的說：「她跟你好的時候當然很乖，現在你不要她了，她還乖給誰看啊？」

吳傾緊張地說：「那怎麼辦啊？要是讓她鬧起來，大家都沒好處的。」

曲志霞不滿的說：「你問我怎麼辦？你是男人還是我是男人啊？你惹出的事，你自己不解決誰解決啊？」

曲志霞心想：真是邪門，怎麼我遇到的男人都是這種沒用的人呢？家裏的丈夫是這樣，來北京找的情人也是這樣，這讓她格外的鬱悶。

吳傾苦笑說：「我現在腦袋裏一片空白，根本就想不出主意來。」

曲志霞沒好氣地說：「哼！你就是玩女人的花樣多！我現在已經在學校了，我們三個人見面談吧。記住啊，你要儘量多安撫一下田芝蕾，不要讓她太激動了。」

吳傾趕忙說：「行行，我明白的。」

曲志霞就又打電話給田芝蕾，把田芝蕾約到校園一個僻靜的地方。

見面後，吳傾先是陪笑說：「小田，我不是都跟你說好了嗎，我們不再私下裏保持那種關係了，至於你的學業和今後的工作，我會盡力幫忙的。這些你當時是答應的啊，怎麼又反悔了呢？」

田芝蕾看了看吳傾，說：「是，我們當時是說好了，可是事後我越想越覺得委屈，憑什麼啊，我哪點輸給這個老女人了？你怎麼會選擇她，而不選擇我呢？」

「田芝蕾，」曲志霞不滿地說：「你給我嘴巴放乾淨點，我不許你一口一個老女人的叫我。」

「怎麼了？」田芝蕾衝著曲志霞嚷道：「難道我叫錯了嗎？你不是老女人又是什麼？」

吳傾看兩人互不相讓，有動手打起來的架勢，趕忙插在兩人中間，說：「你們倆一人少說一句好不好，我們是來商量解決問題的，不是來打架的。」

田芝蕾氣憤地說：「教授，這不能怪我，是這個老女人先來挑釁我的，我們本來相安無事，都是她挑唆你非要跟我分手。」

吳傾緩頰說：「小田，話不能這麼說，志霞並沒有要求我這麼做，是我覺得我們這樣交往下去不好，所以才會提出要跟你分手的。」

田芝蕾叫道：「你別志霞志霞叫得那麼親熱，你不就是因為這個老女人手裏握有你的把柄嗎？……」

「好了，」曲志霞怕事情這麼爭執下去，田芝蕾會說出更多不堪的話來，就打斷田芝蕾說：「田芝蕾，別說那麼多廢話了，你說吧，你究竟想要什麼？」

田芝蕾說：「我也沒什麼過分的要求，就是跟以前一樣就可以了，我想繼續留在教授的身邊。」

吳傾說：「可是……」

「行了，」曲志霞制止吳傾，說：「你別說話，就照她的要求去辦吧，這件事情到此為止，別再嚷嚷了。」

曲志霞是個果斷的女人，毫不猶豫的做了決定。

吳傾看搞了半天居然是這樣一個結果，心裏也很彆扭，就說道：「行行，你們倆想怎麼辦就怎麼辦吧，我先回去了。」就轉身離開了。

田芝蕾瞪了曲志霞一眼，鼻子哼了聲，也揚長而去，留下了曲志霞一個人在那裡發呆。

她不禁暗自責罵自己，這麼荒腔走板的事也能接受，然而，明知這件事很荒謬，曲志霞卻還是下不了決心跟吳傾了斷這段孽緣，她仍然留戀著吳傾給她帶來的愉悅，於是決定照協議說的，繼續跟田芝蕾共用著吳傾。

本來曲志霞以為他們三人可以相安無事了，但很快她就發現她把問題想得太簡單了，因為田芝蕾這次的鬧事，改變了他們三人之間的生態格局。

在此之前，田芝蕾是他們三人中最弱的一環，田芝蕾受制於吳傾，吳傾又受制於曲志霞，這樣導致了田芝蕾也不得不受制於曲志霞，所以即使她心中對曲志霞不滿，卻也只能口頭上對曲志霞有些不尊重，行動上並不敢對曲志霞怎麼樣。

但這次鬧事讓田芝蕾意識到，如果她豁出去把三人這種荒謬的關係公之於眾的話，曲志霞和吳傾都會受到極大的傷害，尤其曲志霞更是可能會身敗名裂，導致曲志霞和吳傾不得不對她有所敬畏，因而讓她反而變成了三人關係中最強的一環了。

田芝蕾明白了這一點之後，就完全改變了以前對待吳傾和曲志霞恭敬的態度，開始在吳傾面前變得蠻橫起來，對曲志霞也變得更加無禮，不但一口一個老女人叫著，稍有不如意的地方，嘴裏還常常會罵罵咧咧，搞得曲志霞別提有多惱火了。

海川市駐京辦，傅華辦公室。副市長胡俊森正在跟傅華閒聊。

何飛軍被雙規之後，胡俊森再次分管了工業經濟這一塊，此次他來北京，是參加明天要舉行的一個會議。

胡俊森說：「傅華，你回頭幫我一個忙吧。」

傅華說：「什麼忙啊？」

胡俊森笑笑說：「一件小事，幫我引見一個人。」

傅華狐疑地說：「我怎麼覺得這件事不會小啊？如果見這個人是小事，你一個大市長直接就找上門去了，根本就用不上我的。」

胡俊森不好意思地說：「算你聰明！是這樣子的，我聽說你跟楊志欣關係相當的好，就想你能不能幫我引見一下，外傳他即將出任國務院的副總理，我想跟他彙報一下海川新區的情況，看看他能不能幫我們新區爭取一點政策什麼的。」

傅華不禁挖苦說：「胡副市長，您真是眼光遠大啊，人家都還沒坐上位置呢，你就已經算計著讓他幫你爭取政策扶持了。」

胡俊森不好意思地說：「我這不也是沒辦法嗎？海川新區入駐的企業一直不多，新區的發展老是不溫不火的，這樣下去也不是辦法啊。」

傅華說：「胡副市長，你是不是也太急躁了點啊？新區的發展需要一個培養的階段，你現在已經把框架給拉了起來，新區會慢慢成長起來的。」

胡俊森搖搖頭說：「新區對我來說，就等於是我的孩子一樣，別人不急我急啊。」

傅華勸慰說：「你急也沒用啊，楊志欣還沒坐上你說的那個位置，即使見了你，他也不能表什麼態的。再說，現在他要忙的事情很多，恐怕也顧不上你這個海川新區吧。」

胡俊森嘆說：「這倒也是。不過，這件事情你幫我留意著，合適的時候你幫我跟他講一下。」

傅華自認楊志欣這個面子還是會給他的，就點點頭說：「行，有合適的機會我會幫您引見的。誒，胡副市長，市裏現在開始忙姚市長的選舉了吧？」

胡俊森說：「是啊，不過這次姚市長可能有點危險。你可能也聽說了，何飛軍被省紀委帶走的時候，可是大聲嚷嚷了姚市長不少違紀的事。」

傅華說：「何飛軍攀咬姚市長這件事我是聽說過，不過對姚市長的影響應該不會很大吧？」

胡俊森不以為然地說：「怎麼不會很大啊，很多人都說姚市長和何飛軍一樣，也是個貪腐分子，只是因為省裏面有人在保他，所以才能不被查處，繼續選他的市長。很多人大代表對此都很不滿，有代表甚至揚言，準備選舉的時候投廢票，好不讓姚巍山當選呢。」

傅華聽胡俊森這麼說，不由得愣了一下，不知道眼下這種狀態是孫守義在背地裏策劃的，還是姚巍山真的引起了公憤。

傅華就試探著說：「原來事情嚴重到這種程度了，這下子孫書記可有得忙了。」

胡俊森點點頭，說：「這段時間，孫書記忙得焦頭爛額，他和姚市長待在下面的縣市中，忙著跟人大代表們交流；還對下面下了死令，確保一定要姚市長能夠順利當選，如果哪個縣市出了問題，就唯那個縣市的負責同志是問。」

傅華暗自詫異，孫守義這麼做可不像是要對付姚巍山的樣子，難道他的判斷錯了？

傅華不知道相比起孫守義讓單燕平跟姚巍山搗亂的時候，形勢已經發生了很大的變化，此刻的孫守義根本就不敢再冒險擾亂姚巍山的選舉了。

傅華笑說：「孫書記把工作都做到這份上了，那姚市長當選就應該沒問題了吧？」

胡俊森不抱樂觀地說：「要是放在以前，應該是沒問題的，現在就很難說了。你也知道，現在的代表可不像以前那麼聽話，孫書記這麼做，很可能會引起代表們的逆反心理，表面上應承得好好的，投票的時候卻不投姚市長的票，到時候姚巍山的票數不能過半，依然無法當選。」

傅華對這些代表們的逆反行為倒並不十分在意，笑笑說：「這些無所謂了，組織上會有辦法說服代表們投姚市長的票的。」

往年海川也不是沒有出現過代表們不願意服從組織，把票投給組織安排的候選人的情況，但是一旦出現這種情況的時候，組織就會採取必要的措施來確保組織的意圖實現，比方說重選，或者說監督代表們投票……因此傅華絲毫不擔心結果。

但是胡俊森接下來的話，卻讓傅華不得不對這件事情重視起來，因為胡俊森說：「傅華，有個情況我要跟你說一下，現在新區的一些代表們私下裏跟我說，他們準備聯名推舉我為候選人，跟姚市長競爭這個海川市的市長。」

「你想讓姚巍山跳票？」傅華驚訝的道。

所謂的跳票，是指不在候選人範圍之內，從票箱裏跳出來的候選人。跳票並不違法，卻很難被組織上接受，因此這是一件政治風險相當高的事情。

這種事情的定性，關鍵在於領導的態度。上級領導如果認為這是社會進步、選舉更加民主的結果，那不僅僅不會去追究責任，反而會成為一種進步的經驗。

反之，領導如果認為這是跟組織對著幹的結果，那跳票的行為就成罪大惡極了，相關的責任人一定會被追究的。跳票出來的人即使能夠當選，也不會被上級領導所待見，往往會被打入另冊，即使組織迫於形勢暫時給與認可，日後也有很大的機率會被清算。

傅華知道胡俊森在海川新區威望很高，新區的代表要推胡俊森出來跟姚巍山競爭這個海川市市長是很有可能的。但是這麼做，反而把胡俊森放到跟組織上的對立一面了，組織將很難再信任胡俊森。

傅華認為胡俊森是一個能幹而且有遠大目標的人，他希望胡俊森能在仕途上走得更遠，如果胡俊森鬧出跳票事件，也就意味著胡俊森的仕途只能到此為止了，因此傅華很想馬上去阻止胡俊森這麼做。

但是話到嘴邊他又咽了回去，因為傅華還沒搞清楚胡俊森自己是怎麼想的，如果胡俊森想要跟姚巍山爭這個市長的話，那他就有點枉作小人了。

傅華看了一眼胡俊森，說：「那您是怎麼看這個問題的？」

胡俊森沒有回答，卻反問說：「傅華，你先別問我怎麼看這個問題的，除了你之外，這件事我沒跟任何人講，我想先聽聽你的看法，你覺得我應該怎麼辦才好呢？」

傅華態度謹慎地說：「胡副市長，我很感激您對我的信任。不過這件事風險太高，萬一如果我不小心判斷錯了，可就害到您了，所以我可不敢隨便幫您拿主意。」

胡俊森誠懇地說：「傅華，一直以來我都是拿你當朋友看待，所以在我面前你也不用顧忌什麼，想到什麼就說什麼，我會對你的意見做出我自己的判斷的，就算是判斷錯了，責任也在我自己，而不在你的。」

傅華聽胡俊森這麼說，明白胡俊森對這件事是有些心動的，他也許認為這是一個能夠上位的機會呢。

這就是胡俊森性格上的一個最大的弱點，胡俊森因為能力不俗，因而自視甚高，也就容易表現出一種急功近利的傾向，做什麼事總想一蹴而就。這種性格可是官場上的大忌，官場上很多時候講求的是水磨工夫，很多人都是耐心的熬了幾十年才熬到一個顯赫的位置，那些坐直升機上去的人，往往上去的快，跌下來的也快。

明白了胡俊森的想法後，傅華不說贊同，也不說反對，只是提醒胡俊森說：「胡副市長，我也不知道該給您一個什麼樣的建議，只是有一個關鍵的問題您一定不能忽視，那就是只有票數過半，您才會當選；目前來看，您能保證票數過半嗎？」

傅華這麼說是想讓胡俊森知難而退，一個候選人即使有組織上的支持，都不一定會達到票數過半這個目標，何況胡俊森這個沒有得到組織認可的候選人呢？

而且胡俊森到海川時間並不長，又性格倨傲，在海川基層幹部當中並沒有太多人脈基礎，只有在海川新區威望很高，其他地方對他並不買賬。這也就意味著胡俊森很難憑自己的力量讓代表們把票投給他。

胡俊森說：「這個我沒有忽略，如果姚巍山沒出什麼問題，我確實是很難突破半數，但現在姚巍山出問題了，我的機會也就來了。」

傅華覺得胡俊森這麼做完全是在火中取栗，如果僥倖成功，當然會得到香甜可口的栗子；但是失敗的話，很可能就要被火灼成重傷的。

傅華不想看著胡俊森往火坑裏跳卻不阻攔，這時候不得不表明自己的態度了，於是說道：「胡副市長，我個人傾向您還是不要接受代表們的推舉，最好是當什麼事情都沒發生過。」

胡俊森心有不甘地說：「可是傅華，姚市長確實是涉嫌貪腐，何飛軍被帶走的時候，我就在旁邊，姚巍山要不是心中有鬼，根本就不會嚇成那個樣子的。」

傅華搖搖頭說：「那又怎麼樣呢？您又不是紀委，這種事還輪不到您來管，您更不能因為這個就跳出來跟他爭這個市長寶座。」

胡俊森看了傅華一眼，說：「你到現在還是沒弄明白我的意思，不是我要去跟他爭，而是代表們自行推舉我成為這個候選人的。我如果拒絕他們的話，就辜負他們對我的信任了。」

傅華見勸不動胡俊森，便說：「說到底，您還是想要爭這個市長寶座。算了，我們也不要再爭論下去了，我的態度已經表達了，您要怎麼做自己決定吧。」

胡俊森不放棄地說：「傅華，你真的覺得我出來爭市長是錯誤的嗎？」

傅華說：「是的，我不但覺得這麼做是錯的，而且覺得錯得離譜。您是個聰明人，應該看得更長遠一點才對，而不是像現在這樣，一葉障目不見森林。」

「好吧，好吧，」胡俊森有些無奈的向傅華攤開了雙手說：「我放棄就是了。」

傅華看著胡俊森的眼睛，胡俊森的眼神很堅定，並沒有躲閃，看上去不像是撒謊的樣子，稍稍放下了一點心，說：「胡副市長，現在已經不只是您放棄的問題，您必須要跟這些要推舉您的人保持距離，因為這件事情一旦發作出來，很多人一定會對您有所懷疑的。」

胡俊森反駁說：「傅華，這點你錯了，我跟他們保持距離，別人就不會懷疑我了嗎？」

傅華想想也是，即使胡俊森跟那些人保持距離，以姚巍山的性格來看，也一定會懷疑這件事是胡俊森在背後指使的，所以除非這件事現在就偃旗息鼓，否則姚巍山一定會對胡俊森有看法的。

晚上，傅華去了馮葵那裏，跟馮葵說起胡俊森被推出來爭市長這件事。他不是想要告胡俊森的狀，而是想幫胡俊森在馮玉清面前先打打預防針。這樣，一旦真的有人推舉胡俊森出來跟姚巍山爭海川市市長的話，馮玉清就明白這並不是胡俊森主動搞事的。

馮葵聽了，說：「這傢伙膽子真是不小啊，居然敢拿選舉來做文章。」

傅華說：「不是他膽子大，而是別人想利用他而已。」

馮葵質疑說：「別人利用他？真是好笑，如果他真的沒這個意思的話，根本就不會對你說起這件事的。他還是有這個野心的，所以才想要跟你商量一下這件事能不能去做。」

傅華交代說：「你可別在馮書記面前這麼說啊，別馮書記還沒覺得怎麼樣呢，你卻先把事情給挑了出來。」

馮葵白了一眼傅華，說：「這種小伎倆我都能看得出來，我姑姑又豈能看不出來啊?!」

傅華順口說：「是啊，你們姑侄倆確實都很精明，想要瞞過你們不容易。」

馮葵看了傅華一眼，狐疑地說：「你這話什麼意思啊，你有什麼事想瞞我嗎？」

傅華趕忙說：「你太多心了，我只不過是順口一說而已，並不是要瞞你們什麼的。誒，小葵，你把這件事跟馮書記說一下吧，讓她對海川的選情有個基本的瞭解，免得到時候陷入被動。」

馮葵說：「行，我馬上就打電話給她。」

馮葵便立即打電話給馮玉清，提醒她這次市長選舉可能會出現的狀況。

馮玉清聽完，稍作沉吟了一下，說：「小葵，你把電話給傅華，我想跟他聊聊具體的情形。」

馮葵就把電話遞給傅華，說：「我姑姑要跟你講話。」

傅華接了電話，說：「您好，馮書記。」

馮玉清感激地說：「傅華，謝謝你讓小葵提醒我。」

傅華說：「您客氣了，這是我應該做的。」

馮玉清說：「你跟我詳細說一下海川的情況吧。姚巍山和孫守義現在都在做什麼，這個胡俊森又是怎麼冒出來要被推舉成市長候選人的啊？」

傅華就把他瞭解到的情況跟馮玉清作了彙報。

馮玉清聽完，並沒有立即去評價胡俊森這麼做究竟是對是錯，而是問道：「傅華，你覺得如果放任胡俊森真的成為市長候選人的話，他有幾分把握能夠從這場選舉當中勝出？」

傅華被問得愣住了，這是什麼意思啊，難道馮玉清已經決定要放棄姚巍山了嗎？

傅華有所保留地說：「這就不好說了，本來以胡俊森在海川的人脈基礎，他勝出的機會並不大，但姚巍山這段時間表現太差勁了，惹起人大代表們的公憤，他們很可能轉而支持胡俊森。所以我覺得，各占一半機會吧。」

馮玉清思考了一下，說：「也就是說，他沒有絕對把握能贏得選舉了？這樣的話，我就不能把寶押在他的身上了。我這個省委書記可不能臨陣換將，卻還輸了，那可就成了天大的笑話了。行了傅華，你不要去管這件事了，一切都任其發展吧，我倒要看看海川的選舉還會出現什麼花樣來。」

聽馮玉清這麼說，表示馮玉清對海川市的市長選舉並沒有抱持什麼期待，這也是馮玉清對姚巍山太過失望才會這樣的態度。這也意味著，如果胡俊森這次跳票成功的話，馮玉清很可能會認可這個結果。

傅華便說：「好的馮書記，我不會再去管這件事了。」

馮玉清說：「那就好。誒，傅華，聽說你最近成立了一家投資公司啊？」

傅華解釋說：「是的，這是一家由所羅門群島註冊的洪熙天成財貿有限公司持股的……」

馮玉清打斷傅華的話說：「行了，別給我來那些彎彎繞了，胡瑜非和楊志欣玩的這點花樣根本就蒙不了人的，什麼所羅門群島啊，還不是天策集團出的錢。我不想瞭解這些，你就跟我說一下睢心雄和李廣武之間是怎麼一回事吧。」

傅華說：「這個嘛，其實我也不知道睢心雄和李廣武是因為什麼而勾結在一起的。反正睢心雄跟李廣武的關係相當鐵，鐵到李廣武可以不顧原則，非要將我手中的兩個項目拿給睢心雄的兒子睢才燾去做的程度。」

馮玉清說：「你不用說得那麼誇張，李廣武處理這件事是有些不近人情的地方，但是總體來講，並無明顯違法之處，你不要因為他拿走了你手中的項目，就說他的行為是不顧原則。」

傅華故作抱怨說：「我還以為馮書記會幫我主持公道呢，原來您也是跟李廣武一個鼻孔出氣的。」

馮玉清笑了起來，說：「去，誰跟李廣武那個糟老頭子一個鼻孔出氣啊，我只是就事論事而已。」

傅華有些奇怪的說：「既然您不是要為我主持公道，那您瞭解這件事情幹什麼啊？」

馮玉清說：「我想瞭解一下雎心雄的人脈網路，想不到這傢伙佈局這麼深，居然在北京這個京畿重地也埋有這麼重要的一顆棋子。」

第九章

馬到成功

「市長，這是馬到成功符，你把這個貼身帶著。」
李衛高將一個黃色疊成三角形的小紙包遞給姚巍山，說：
「這個符可是有講究的，三角形象徵著天地人三才，
黃色則是最尊貴的顏色，古代只有皇帝才能用的。」

海川市，孫守義辦公室。

時間已經是晚上十點多了，辦公室裏燈還是亮著的，孫守義和姚巍山正相對而坐，兩人的臉上都顯得十分疲憊。

明天就是人大會議要召開的日子了，姚巍山要在這次的會議上經過代表們的選舉，正式成為海川市的市長。為了確保選舉不會產生任何的紕漏，孫守義和姚巍山剛剛一一跟各代表團的團長做了最後一次確認，讓各團長確保所屬代表團的代表們在選舉時都會服從組織的安排，投票給姚巍山。

直到打完最後一個電話，孫守義和姚巍山確信沒有任何會導致選舉出現意外的情形了，他們才徹底的放下心來。

明天人大會開始，姚巍山這個代市長要在會議上向人大代表們做政府工作報告，然後代表們審議報告，一切都將進入預定的軌道，只要會議按照正常的程序運轉，姚巍山就會成為新一屆的海川市市長。

姚巍山此刻對孫守義是心存感激的，不管之前他和孫守義之間發生了什麼，不管孫守義曾經怎麼整過他，在選舉前這段關鍵的時期，孫守義確實是真心實意的在幫助他的。

這段時間孫守義為了他選舉不出問題，跑遍了下面的縣市，盡一切可能幫他安撫各縣市的人大代表們，對此，姚巍山都看在眼中，因此他的感激是真心實意的。

他對下面那些代表們對他是什麼樣的看法心知肚明，很多代表跟他本就不熟，再因為受何飛軍的影響，看他的眼神都有些怪異。如果不是孫守義這麼幫他，他能不能通過這次的市長選舉卻很難說。

姚巍山很感激地對孫守義說：「孫書記，這段時間真是辛苦您了，幸虧有您支持我，要不然我真的不知道這次選舉會是一個什麼狀況。」

孫守義看了一眼姚巍山，他確實當得起姚巍山的感謝，他為了姚巍山能夠順利的當選，可謂是費盡了心思，甚至還被一些代表團趁火打劫敲了很大的竹槓去。但是他這個市委書記不得不做出妥協和讓步，政治本就是一場交易，是利益的交換，想要達到目的，就必須要先讓對方達到目的才行。

孫守義客套地說：「老姚，你不要這麼客氣，我們是組織安排在一起搭班子的，我必須要支持你啊。」

姚巍山誠懇地說：「那也是要感謝您的，因為我知道您對我的幫助有多大。這樣吧，我也不敢說別的，就跟您表個態吧，我當上海川市市長之後，市政府一定會高度服從市委和您的領導的。」

姚巍山這是在向他表示忠心的意思，孫守義對此很滿意，心想這段時間的辛苦總算沒有白費，起碼換來了姚巍山對他暫時的尊重和服從。

有這樣的結果，跟最初他想要攪亂姚巍山市長選舉的目的一致，他最初就是想收拾一下姚巍山，讓姚巍山老老實實的服從他的領導，這也算是殊途同歸了。

而孫守義之所以認為姚巍山這只是暫時的尊重和服從，是因為他很清楚官場中人的本性，姚巍山現在之所以表現得如此服貼，是因為經過這麼一番折騰，他已經元氣大傷，根本就沒有跟他較勁的實力了。

此消彼長，姚巍山本就弱於孫守義，現在更是無法跟孫守義抗衡了。在這種狀況下，孫守義可以輕而易舉的就把姚巍山給收拾了。

然而這種狀況並不會一直持續，孫守義很清楚姚巍山是個什麼樣的人，他是個有能力又不甘於雌伏的人，經過一段時間的休養生息之後，相信姚巍山一定會伺機跟他這個市委書記相庭抗禮的。

其實孫守義這一次雖然辛苦，但是也受益匪淺。因為在幫姚巍山做工作的同時，也是他跟海川各勢力相互結合的好時機，他借此機會跟基層勢力結合得更加緊密，自身實力也得到了壯大。

孫守義親切地說：「老姚啊，千萬不要這麼說，我們是這個班子的正副班長，不存在誰服從誰的問題，而是要相互配合才能把工作給搞上去嘛。好了，時間也不早了，你早點回去，明天你可要以一種飽滿的精神狀態出現在海川市的代表們面前啊。」

姚巍山笑了笑說：「好的孫書記，我這就回去休息。您也累了一天了，也好好休息吧。」

孫守義點點頭，說：「你先走吧，我一會就回去。」

姚巍山就先行離開了。孫守義看著窗外，臉上的笑容慢慢的消失。雖然他能做的都已經做了，也得到了姚巍山的承諾，但是心中總有些不安的感覺。這是為什麼呢？是不是還有什麼地方還沒做好呢？

孫守義在心中又梳理了一遍該注意的事項，想來想去，確信他並沒有疏漏任何地方。但是那種不安的感覺卻始終揮之不去。

孫守義有些焦躁了起來，以往這個時候他一般會趕往劉麗華的家中，跟劉麗華胡天胡地的折騰一番，借助劉麗華青春的身體將他的煩躁情緒給排解出去。

但現在是人大會要召開的前夜，孫守義不敢在這時候跑去跟劉麗華幽會，萬一出現什麼閃失的話，他這個市委書記可是要吃不了兜著走的，這也讓孫守義的情緒更加煩躁了。

在辦公室裏枯坐了一會，孫守義心想：再留在辦公室也沒什麼要做的事了，就收拾好東西要回他住的地方休息。就在這時候，孫守義腦海裏忽然一閃，想到了為什麼他會感到不安了。

是因為整件事情到現在為止，實在是有點太過順利了。雖然這其間他和姚巍山十分辛苦，付出了不少的代價，但是孫守義認真地想起來，他們並沒有遭到什麼特別難以解決的狀況。他們只要開出交易的價碼，對方基本上就會立刻跟他們達成一致。

事情似乎不應該這麼順利才對，照孫守義的預想，他和姚巍山應該遭到很嚴重的狙擊才對。這讓孫守義感覺像是他重重的揮拳出去想要打擊對手，卻發現他的拳頭打到的是一團棉花，軟綿綿的根本就不受力，讓他難免會有一種失落感。

想明白了這一點，孫守義心裏安定了不少，如果真是這樣的話，那他的不安只不過是杞人憂天罷了。

同時間，姚巍山的心情跟孫守義一樣，也有些隱隱不安，他把這個歸結為緊張所致。他回到住處之後，馬上就撥了李衛高的電話，想聽聽李衛高的意見，好為自己打打氣。

李衛高接了電話，笑著說：「市長，怎麼還沒睡啊？」

姚巍山說：「還沒呢，老李，你知道，我現在的心情很緊張，你說我這次的人代會真的沒什麼問題嗎？」

李衛高聽了，安撫說：「市長，您在這時候緊張是正常的，誰遇到這麼大的事會不緊張啊。不過您放心好了，我幫您卜算過了，您這次一定會有驚無險，順利過關的。」

姚巍山卻有些沒有自信地說：「希望能夠如此了。」

李衛高說：「市長，我怎麼聽您的情緒不太高啊。您可千萬別這樣，大戰前最重要的是士氣，只有士氣振奮，您才能贏。」

姚巍山嘆了口氣，說：「老李，這次經歷的事情太多，我感覺到特別的累，實在振奮不起來。」

李衛高鼓勵說：「振奮不起來您也得振奮，這時候您撐一撐，就會撐過去了。這樣吧，我現在給您畫一道馬到成功符，這道符會保佑您在這次的選舉中馬到成功。其次呢，您什麼都不要想，馬上上床睡覺，您情緒不好，很大一部分原因可能就是因為沒休息好的緣故。」

聽李衛高這麼說，姚巍山感覺得到了一點安慰，心情就好了很多，便笑笑說：「行，我馬上就去休息。」

第二天，海川市新一屆的人大會議正式召開，相關的市領導都在主席臺上就坐了。

經過一夜的休息，看上去孫守義和姚巍山的精神都還不錯，絲毫看不出任何疲憊的樣子。

會議的第一項議程，就是姚巍山向大會作政府工作報告。此時，姚巍山的心情恢復平靜了，他帶著自信的微笑從座位上站了起來，拿著工作報告的講稿，目不斜視的走向前面的講臺。

這個過程事先他已經排演過，因此顯得很從容自如。

從姚巍山的座位到講臺之間的距離並不長，他很快就走到講臺那裏，他自信地往前邁步，同時把手中的講稿往講臺上一放，看著台下的人大代表們，準備就位開始講話。

但就在這時，詭異的事發生了，不知道腳下是什麼東西絆了姚巍山一下，他的身子就有些失去平衡，往前趔趄了一下。

幸好姚巍山在趔趄的那一瞬間就調整好重心，讓自己不至於摔倒。雖然沒有摔倒，但此時台下的代表們都在等著姚巍山作報告呢，他的一舉一動被代表們盡收眼底，於是姚巍山再看向台下的時候，從很多代表的臉上看到了譏諷的表情，他的心情一下子變糟了。

即使心情變糟了，代表們都還在看著他呢，姚巍山不得不強撐下去，他開始照著手裏的講稿念了起來。

開始的時候，姚巍山想儘量讓他的報告語氣生動一些，但是就是那麼邪門，越想生動越是生動不起來，他的心情嚴重影響了發揮，平常作起報告來滔滔不絕的他，照著講稿念居然磕磕巴巴，不通順了起來。

姚巍山聽著自己的講話都枯燥地要命，他偷眼看下面代表們的表情，代表們都是一副昏昏欲睡的樣子，顯然他的報告絲毫引不起代表們的興趣。好在這是政府組織的報告會，代表們雖然不感興趣，卻也沒有人敢擅自離場。

姚巍山對自己的表現極為不滿，於是漫長的報告就變成了一場煎熬，姚巍山一邊念一邊心裏暗暗叫苦，恨不得找個地縫鑽進去。

等到念完，姚巍山發現自己後背的衣服已經被汗水給濕透了，涼颼颼的，別提有多難受了，在這寒冷的季節，居然能夠被汗水濕透衣服，可見他心中有多麼的著急。

聽到姚巍山說報告完了，台下的代表們熱烈的鼓起掌來，這掌聲聽在姚巍山的耳裏格外的刺耳，他覺得代表們並不是因為他的報告做得好才鼓掌，而是因為他總算報告完了才鼓掌的。

在向代表們鞠躬表示感謝的時候，姚巍山偷眼瞄了一下講臺前，想看看絆到他的東西究竟是什麼。令他詫異的是，除了平平的地面之外，沒有任何東西。

真是邪門了，什麼東西都沒有他居然會被絆到，這是怎麼一回事啊？

姚巍山覺得這並不是個好兆頭，似乎預示著接下來的選舉會不順利。想到這裏，姚巍山的胸口就像壓了一塊大石頭一樣的憋悶。

中午吃飯時，姚巍山格外的注意代表們看他的表情，只要有代表在一起交頭接耳談論著什麼，姚巍山就覺得他們是在談論他或是嘲笑他。

這讓姚巍山快要崩潰了，幸好吃完飯時，他接到了李衛高的電話，李衛高說是專門給他送馬到成功符來的。

姚巍山現在迫切的想要跟人講一講上午發生的事，李衛高的到來正好滿足了他的需要，他便趕忙出去見李衛高。

李衛高是開著車來的，姚巍山上了車，也顧不上什麼馬到成功符了，直接就說：「老李，完了，完了，我這一次完蛋了。」

這把李衛高給嚇了一跳，緊張的問道：「怎麼了市長，發生了什麼事了？」

姚巍山就把上午發生的事情一古腦地講給李衛高聽，說：「你看老李，我這次肯定完蛋了，那麼平的一塊地方，我居然會差一點絆倒，這不是倒楣是什麼啊；再是，我不是跟你吹牛，平常我就算是不用稿子，也可以在會議上不間斷的講上幾個小時的，今天倒好，照稿子念都念不順溜了。」

李衛高看著姚巍山笑了一下，他覺得姚巍山這是太過緊張的緣故。

為了讓姚巍山定下心來，李衛高就安撫說：「市長，你到現在還不明白嗎，你這不是倒楣，而是有人在背後做小動作，不想讓你當選海川市市長的緣故啊。」

「有人在背後做小動作不想讓我當選？」姚巍山不解的說：「你這是什麼意思啊，怎麼會是別人在背後做小動作呢？」

李衛高笑說：「市長，這個你不懂，道家有一個派系叫做茅山道派，他們修煉的法術叫茅山術，是流傳於中原地區以及苗區的黑白巫術。修習此派法術者，多以符咒以及密宗法器借靈異靈力助己行事。」

姚巍山有點不信的說：「你是說我之所以會出現這些狀況，是被人施了法術？這是不是也太天方夜譚了吧？」

李衛高說：「一點也不，不說別的，就說你剛才差一點絆倒的事吧，據我所知，茅山道術中，有一個法術叫做絆馬索，使出來的時候就能讓人在平地裏摔跤的。」

「我不信！」姚巍山嗤之以鼻地說：「怎麼可能有這種事呢？」

李衛高說：「有沒有這種法術其實很好驗證，市長，你下車去試試，走兩步看看有沒有再類似平地被絆到的情形。」

姚巍山搖搖頭說：「怎麼還需要走兩步試試啊，中午吃飯的時候，我不知道走了多少步了，根本就沒有再出現那種情形。」

李衛高拍著手說：「這不就結了嗎？如果你在臺上差點被絆倒是身體上的問題的話，應該會再次出現的；但現在並沒有出現，加上這件事又出現在你要去做報告的重要時刻，除了有人對你施法術之外，我真不知道還能做什麼其他的解釋，」

姚巍山不說話了，顯然李衛高的說法有點太玄，一時之間他不知道是該信還是不該信。

李衛高看出姚巍山的猶豫，就笑了一下說：「市長，我專程從乾宇市趕來，就是擔心有人對你施一些邪門的法術。這個是我跟你說的馬到成功符，你把這個貼身帶著。」

李衛高說著，將一個黃色疊成三角形樣子的小紙包遞給姚巍山，說：「這個馬到成功符可是有講究的，三角形象徵著天地人三才，黃色則是最尊貴的顏色，古代只有皇帝才能用的。」

姚巍山看了看，問道：「那這裏面包的是什麼啊？」

李衛高賣弄玄虛地說：「裏面並沒有包任何東西，包起來是因為這裏面有我畫的符，必須要被包起來才靈驗，否則會因為散露在外，形神無法相聚而失去它的靈驗。」

姚巍山聽李衛高說得越來越玄，他搞不清楚李衛高說的是真的，還是杜撰出來唬他的，不過他現在還真需要這麼一件東西來安定心神，就沒說什麼，將這個黃色小紙包裝進了內衣的口袋裏。

裝好馬到成功符之後，姚巍山說：「照你的說法，我之所以會出現這些狀況，是有人在背後對我施了法術，那你覺得會是什麼人對我施法術呢？」

姚巍山心想李衛高如此的神通廣大，一定也可以算出是什麼人在對他施法，因而求教道。

李衛高心說：我怎麼告訴你這個人是誰啊？這一切本來就是我為了取信你杜撰出來的，我能告訴你他是誰才有鬼了呢。

不過，李衛高自有辦法應付姚巍山，笑笑說：「這你不用管了，你現在有了我的馬到成功符，已經將他的法術給破了，就算是選舉有什麼小波折，最終也不會對你有大妨礙的。」

李衛高之所以敢說他的鬼畫符能夠保姚巍山平安，是因為李衛高很瞭解政府工作報告的性質，這本來就是一個枯燥的報告，姚巍山念得好、念得差，對報告本身影響是不大的。

也就是說，只要是不出現大的錯誤，姚巍山能夠念完就可以了；至於跌倒的事，也許當時有代表會覺得好笑，但是事情過去之後，沒有人還會在乎這一點的。再說，選舉姚巍山為海川市的市長是組織上安排好的，也不會因為姚巍山表現的好壞而改變。

然而姚巍山仍然很擔心地說：「可是有這麼個敵人的存在，我心裏總是無法安心，你最好還是能將他找出來。」

李衛高故作沉吟了一下，他自然沒有人選可以提供給姚巍山，就含糊的說道：「這個背後搞鬼的人不會一點馬腳都不露的，所以你注意一下周邊的人，也許你自己就能找到他。」

姚巍山哦了一聲，說：「行，我會注意身邊的人的。」

下午進行的是政府工作報告的分組討論。

姚巍山因為擔心上午的表現會影響到代表們，就特別關注代表們對他的態度，結果發現代表們似乎也沒受什麼影響，姚巍山的心情就慢慢的放鬆了下來。

姚巍山心中暗笑了一下，心說真是世上本無事，庸人自擾之啊。這時候，他的心情徹底放鬆了下來，這也讓他在代表前表現出能力良好的一面，於是整個討論過程十分順利，氣氛顯得相當好。

接下來幾天的會議議程，姚巍山的心情就都相當輕鬆，直到選舉正式開始，才有點小緊張，不過，他認為前面進行的都很順利，選舉結果應該不會有變故的，現在就等選舉完之後，上臺發表他的當選感言了。

這份當選感言是他早就寫好的，今天早上起床的時候，姚巍山還把稿子又看了一遍，改了幾個他覺得力度不夠的詞，然後把稿子背誦了幾遍，幾乎是倒背如流的程度了。

經過幾天的會議開下來，代表們都顯得有點疲憊，有些人甚至在捂嘴打著哈欠，姚巍山看了一眼身旁的孫守義，正碰到孫守義看過來的眼神。

當兩人眼神碰撞在一起的時候，姚巍山注意到孫守義有些如釋重負的對他笑了笑，看來孫守義可能也覺得事情總算是到了塵埃落定的那一刻了。

投票正式開始。按照職務的高低，孫守義首先走到票箱前，把選票插進票箱的投票口，這時他停了一下，讓宣傳部門的人拍照、錄影，然後才將選票完全塞進票箱當中。

孫守義投完票之後，緊接著就是姚巍山投票。姚巍山拿到選票，很慎重的在候選人一欄自己名字上的空格裏畫了個圈，給自己投了贊成票。

接著，代表們將選票井然有序的投進票箱中，他們的神情看上去都很平常，沒有絲毫讓人警覺的異常跡象，姚巍山認為他應該基本上是篤定當選了，懸空的心終於落到了實處。

緊接著是計票，幾百張選票的清計工作很快就結束了。

這時，姚巍山注意到計票的工作人員一臉慌張的向他和孫守義的位置走了過來，他心裏咯登了一下，計票的工作人員神色這麼慌張，一定是選情出現了什麼意外。

姚巍山的心在往下沉，心說完了，他最不想看到的情形還是發生了，他沒得到超過半數的選票，落選了。

工作人員來到孫守義旁邊，神情緊張的將計票結果遞給孫守義。

孫守義掃了一下上面的數字，然後對姚巍山說：「老姚，你出來一下吧。」

兩人匆忙離開了主席臺，在後面找了一個空房間，孫守義把選票的結果遞給姚巍山，說：「老姚，投給你的選票只有一百三十七張，不夠半數，你落選了，你說我們現在該怎麼辦吧？」

姚巍山看了一下結果，只見上面記錄著贊成他的選票是一百三十七張，投給另外一個候選人黃昆是三十二張，棄權票二百八十四張，還有投給另選人的六十三張。姚巍山知道這個黃昆無關緊要，他其實是給這次選舉做陪綁的差配。

所謂的差配，是在選舉中為了保證事先圈定的人選順利當選，故意把各方面條件都不佔優勢的候選人配上湊數，最後堂而皇之地被淘汰掉的，因而黃昆在選舉中得到三十二張票算是正常的。

但是出現投給另選人的六十三張票就不正常了，根本就不應該有這個另選人才對。雖然候選法中，規定代表們可以投票給規定候選人之外的其他人，也就是這個另選人，選票上也有另選人這一欄，但是現實中，這種情形很少出現，因為很少有人會傻到出來跟組織安排的人競爭。

而這個另選人居然是副市長胡俊森，看到胡俊森的名字出現在清票結果上，姚巍山心中隱約猜到他的落選是怎麼一回事了，一定是胡俊森想要跟他爭這個市長，才會一手導演這個讓他落選的戲碼。

姚巍山的腦袋只覺得一個頭兩個大，他十分懊悔為什麼事先沒警惕到胡俊森這個野心勃勃的傢伙呢，話說他平時在市政府工作方面對胡俊森還很支持，這傢伙居然在這麼關鍵的時候在背後捅了他一刀。

這時候姚巍山回想起胡俊森在他辦公室動他地球儀的事情，當時李衛高為此還警告過他，說胡俊森動他的風水物可能是有意而為之。那時候姚巍山還為胡俊森辯解，不以為意。現在看來，胡俊森動地球儀絕非是好玩而已，根本是想破了他的風水陣，讓自己這個市長無法繼續做下去。

姚巍山心裏這個恨啊，想不到他居然栽培出一個白眼狼來，枉費自己那麼信賴他。姚巍山此刻恨不得咬胡俊森兩口才解氣。他腦子裏面飛快地思考著，要怎麼樣才能報復胡俊森。

很快，姚巍山就想到辦法了，他要把這次的敗選責任全部推到胡俊森的身上，就算是他無法做這個市長，也要拉著胡俊森做墊背。

姚巍山可憐兮兮地看著孫守義，說：「孫書記，您說我該怎麼辦呢？」

孫守義現在心中也是一團亂麻，費了半天的勁，居然出現這樣一個讓人傻眼的結果，他覺得這是老天爺故意跟他開的一個玩笑。

他苦笑了一下，說：「這時候我也不知道該怎麼辦好了，可惡，我們都被這些代表們給耍了，他們明明答應得好好的，真正投票的時候卻都投了棄權票。」

姚巍山搖搖頭說：「孫書記，我覺得問題不是那麼簡單，您沒注意到嗎，選舉結果裏有一個異常情況，胡俊森作為另選人也得了六十三票，出現這個結果，一定是胡俊森在背後搞的鬼。」

以孫守義對胡俊森的瞭解，他認為胡俊森不會這麼做的，就說：「老姚，你現在不要急著下結論，胡俊森這六十三票究竟是怎麼來的還需要調查後才知道，你也知道，胡俊森在新區的威望很高，這也許是那邊的代表們自發的行為呢？」

姚巍山知道孫守義所說的情況是有可能的，胡俊森一心一意想把新區搞起來，在那邊培植了不少的親信，這些親信當初在原單位都是些不受待見的邊緣人物，是胡俊森給了他們新的機會，他們為了報恩，說不定真會做出推薦胡俊森出來跟自己競選；另一方面，透過這段時間他跟胡俊森打交道的過程，對胡俊森的個性多少瞭解一些，胡俊森是那種直來直去的人，似乎也不太會搞這樣的陰謀詭計。

但是即使這樣，姚巍山依然認為需要讓省委追究胡俊森的責任，因為只有這樣，他才能把落選的責任都推給胡俊森，以免讓省委認為他沒有能力通過選舉。他好不容易恰巧有一個把胡俊森抓做替罪羊的機會，怎麼能輕易放過他呢？

姚巍山就顯得很氣憤的說：「我不相信是這樣，一定是胡俊森在背後攛掇他們的。孫書記，這件事不能就這樣算了，我想請您跟省委領導們彙報一下這個情況，然後請省委對胡俊森這種目無組織的行為嚴加懲處。」

孫守義不禁看了姚巍山一眼，隱約猜到姚巍山是想拿胡俊森當做墊背。

他思考了一下，他對胡俊森這個人沒什麼好感，犧牲胡俊森為落選的事來承擔責任倒也不是不可以。

但是，如果真要犧牲胡俊森的話，就必須要拿出足夠證明的證據，否則會讓省委認為他和姚巍山在推卸責任。那樣他們兩人不但無法卸責，反而會更加失去省委對他們的信任，為了自身安全起見，還是不要這麼做。

孫守義就搖搖頭說：「老姚，你先冷靜一下好嗎？我是可以幫你彙報上去，可是你先要考慮清楚這麼做的利弊。」

姚巍山忿忿地說：「孫書記，這時候還考慮什麼利弊啊，這是事實啊，胡俊森必須為他的行為負責，他這種行為實在是太過分了，甚至可以追究刑事責任了。」

孫守義覺得姚巍山有點失去理智了，這傢伙為了推卸責任，居然想要胡俊森去坐牢，就有些厭惡姚巍山的行為，說：「老姚，你憑什麼認為這是事實？你這麼指責胡俊森有證據嗎？如果到時候我彙報上去了，省委領導跟我要證據，我怎麼說啊？」

姚巍山反駁說：「證據不是現成的嗎？如果不是他搞鬼的話，又怎麼能夠贏得六十三張選票呢？」

孫守義覺得姚巍山根本是在胡攪蠻纏，不滿地說：「老姚，我想胡俊森能夠得到這麼多的選票，是他為海川做出了貢獻的原因，這個一開始我就說過了，我不想再跟你重複。現在的當務之急不是要追究誰的責任，而是要怎麼把外面的局面給應付下去，代表們都還等著公佈選舉結果呢，我們是不是先把選舉的結果彙報給省委，看省委要怎麼來處理這件事。」

姚巍山有些急了，如果不把責任推到胡俊森身上的話，落選的責任就要落在他身上了，就叫道：「孫書記，我不能同意您這麼做，您這麼做根本就是在包庇胡俊森的錯誤行為。」

孫守義看姚巍山為了推卸責任，居然還來指責他，十分惱火，心說：我是為了幫你，才把你叫出來商量看怎麼辦的，你這個混蛋不感激我倒也罷了，還想倒打一耙，指責我包庇胡俊森，真不是東西！

孫守義冷笑了一聲，說：「老姚，既然我們意見不一致，還是各自向省委彙報吧，讓省委來判斷這件事究竟要怎麼處理好了。」

第十章

雷霆手段

作為一個領導者，必須要兩手抓，一手籠絡，一手打擊。
一手籠絡是因為只有籠絡住人，才會有人幫你賣命，
還必須要有打擊他人的雷霆手段，
只有這樣，別人才會敬畏你的權威，
才會不得不服從你的領導。

姚巍山馬上意識到他剛才過於著急，說話有些口不擇言，傷到了孫守義，這時候他不能沒有孫守義的支持，於是趕忙道歉說：「對不起孫書記，我剛才有點失去理智了。」

孫守義面色凝重地說：「老姚，我知道你現在心情很不好，但越是這樣，你越要有擔當，馮書記是一個很睿智的領導，她可不會因為你隨便幾句話就相信是胡俊森的責任，所以我不同意你的做法實際上是為了你好。」

姚巍山不敢再有異議，就說道：「我明白，就按照您的意思彙報吧。」

孫守義又說：「老姚，你也別太擔心，我會建議省委進行二次選舉，到時候我們再做一下胡俊森的工作，讓他主動向代表們表明態度，退出選舉，然後我們再好好跟代表團溝通一下，我相信你還是會當選的。」

姚巍山知道此刻他除了接受孫守義的安排之外，也沒有什麼好辦法了，就順從地說道：「行，孫書記，我服從您的安排。」

孫守義就拿出手機撥通了馮玉清的電話，接通後，說：「馮書記，我要跟您彙報一個緊急情況，姚巍山同志的市長選舉出現了一些狀況……」

馮玉清事先聽傅華談過關於這次選舉的情況，知道姚巍山的選情並不樂觀，也知道有人想推薦胡俊森出來競爭市長，因此對結果並不感到驚訝。

馮玉清沉吟了一下，然後說：「守義同志，你對這件事情是怎麼個看法，你認為這件事該怎麼處理呢？」

這就是做領導的好處，可以先不做決定，讓下屬提出適當的建議，然後再根據情況酌情予以處理。

孫守義雖然已經跟姚巍山商量好了，但是為了表示他有認真思考，稍作停頓才回答說：「馮書記，我全面考慮了一下，認為應該儘快公佈選舉結果，然後下午進行第二次選舉。」

馮玉清說：「那這第二次選舉，你們打算怎麼選啊？」

孫守義說：「我想胡俊森同志可能也沒想到會有代表投票給他，我相信第一次選舉結果公佈之後，他會做出明確的表態，不會接受代表們的推薦。選舉依然會在姚巍山同志和黃昆同志之間進行。我會在第二次選舉前，對代表們進行必要的說服工作，確保姚巍山同志能夠得到足夠的票數。」

馮玉清說：「守義同志，你這個想法不錯，但是你能保證胡俊森同志會做出你想要的表態嗎？」

孫守義說：「我能保證，胡俊森同志是個識大體的好同志，我相信他會主動退出市長選舉，不會讓組織為難的。」

馮玉清問：「那如果他就是不肯退出呢？」

孫守義想了想說：「如果是那樣，恐怕也只能按照相關程序，讓他參加選舉了。」

馮玉清沉吟了一下，說：「行，就按照你的意思去辦吧。注意，要儘量化解矛盾，而不是讓矛盾激化，千萬不要鬧出違反選舉程序的事件來。」

孫守義聽懂了馮玉清的意思，馮玉清想要的是不要把事情鬧大，因此並沒有下令說一定要確保姚巍山當選，便說：「好的，馮書記，我會遵照您的意思來處理的。」

於是孫守義讓會議的主席團公佈了選舉結果，會場立時響起了一片喧譁聲，人們交頭接耳，議論紛紛，很多人把目光看向了姚巍山。

姚巍山覺得這些看向他的眼神都充滿了嘲諷的意味，真希望趕緊從主席臺上逃走。但是姚巍山曉得，越是在這種情況下，他越是不能退縮，必須在代表們面前保持一個堅毅的形象，否則他就算徹底完蛋了。於是他挺直了腰桿，強迫自己目不斜視的看向正前方。

孫守義並沒有宣布讓代表們解散，而是把胡俊森叫到了一個房間裏，跟胡俊森進行了一次單獨談話。

孫守義看著胡俊森說：「俊森同志，結果你都知道了，談談你對代表們把你填做另選人的看法吧。」

胡俊森苦笑了一下，他其實已經拒絕那些要推薦他出來跟姚巍山競爭的代表們，但是沒想到那些人不死心，還是強行把他的名字填到選票上，把他置於一個相當尷尬的境地。

孫守義把他單獨叫進來時，胡俊森就猜到孫守義是要他有一個明確的表態。在看到自己僅僅得到六十三票時，他就明白他不太可能獲得半數以上的選票。也就是說，他無法保證第二次選舉時一定會贏得了姚巍山。

胡俊森雖然傲氣，但不是那種沒有頭腦的人，在形勢對他並不是很有利的前提下，他很明智地選擇放棄，而非去跟孫守義和組織對抗。

胡俊森就說：「孫書記，請相信我，我絕沒有要出來跟姚市長競選的意思，這些代表們事先並沒有跟我溝通，出現這個情況，我也很意外。」

孫守義看了胡俊森一眼，他相信胡俊森沒有要跟姚巍山爭市長的意思，但是要說胡俊森沒有跟支持他的代表們事先溝通過，孫守義卻不太相信。

這些代表們都是政治老手，對這種不按照組織安排自行推舉候選人的做法其中蘊含的政治風險是很清楚的，因而不可能事先一點溝通都沒有就貿然的發起這件事。因此孫守義相信胡俊森事先一定知道這個情況，也沒有堅決反對這些代表們這麼做。

不過，孫守義並不準備拆穿這一點，他是來說服胡俊森的，拆穿這一點並不有利於他說服胡俊森。孫守義就點了一下頭，說：「俊森同志，我相信你，你是受過組織栽培多年的人，應該不會跟組織對著幹的；不過，現在客觀上已經出現了這個情況，不知道你對此是個什麼態度？」

胡俊森已經跟傅華討論過該如何應對這件事，既然形勢對他不利，他也只能說：「孫書記，我的態度很明確，我本人沒有意願競選市長，我支持組織推薦的姚巍山同志。」

孫守義暗自鬆了口氣，胡俊森這麼說首先就為他卸掉了心理的包袱，就笑笑說：「俊森同志，我很高興你在關鍵時刻堅定地跟組織站在一個立場上。這樣吧，一會兒出去，你在臺上做一個明確的表態，拒絕接受這些代表們對你的推薦，並支持姚巍山同志成為海川市的市長。」

胡俊森點點頭說：「行，孫書記，就按照您的指示辦吧。」

於是胡俊森就和孫守義一起上了主席臺，孫守義坐回他的座位上，拿起面前的麥克風說：「大家安靜一下，胡俊森同志有話要講。」

代表們安靜了下來，胡俊森走到講臺前，說：「我來說兩句吧，剛才的選舉結果大家都看到了，有六十三位代表把我的名字也寫到了選票上，在這裏，我很感謝這些代表對我的信任與支持，但是我不得不婉拒你們的信任，我的能力還不足以擔當市長重任。」

說到這裏，胡俊森停了一下，把手指向了姚巍山，說：「大家都知道，姚代市長是省委推薦出任海川市市長的，姚代市長是一位經驗豐富、能力出眾的領導者，所以組織在經過了嚴格的選拔後推薦他，因此他才是最適合擔任海川市市長的人。在這裏，我懇請那些推薦我出來競選市長的代表們，把你們對我的信任轉到姚代市長身上，支持他，因為我也支持姚同志出任海川市市長。謝謝大家。」然後從講臺後面走了出來，向台下的代表們深深地鞠了一躬。

坐在臺上的姚巍山冷眼看著把腰彎下去的胡俊森，臉上籠罩著一層寒霜，他對胡俊森表態退出選舉並沒有絲毫感激之意，他覺得胡俊森這麼做只是迫於形勢，不得不為之罷了，這只不過是演戲給臺下的看客們看的。

胡俊森請求代表支持他，更是在羞辱他，等於告訴代表們，即使他勝選，這個市長也是他胡俊森讓給他的，這讓他今後在下屬面前還有何威信可言？

此外，姚巍山始終認為選舉會出狀況是胡俊森在背後搞鬼的緣故，因而看胡俊森惺惺作態心裏更是反感，心說：這傢伙還真是會裝啊，明明就是他在搞事，偏要在人前裝出一副好人的樣子來。

他心中把胡俊森給恨到了極點，甚至覺得真的像李衛高說的那樣，是他在暗地裏對他施展茅山道術，要不然他怎麼會被整得處處被動呢？

孫守義領著大會主席團去小會議室關門對第二次選舉進行討論，討論最後決定，下午三點進行第二次選舉，候選人依然是姚巍山和黃昆兩個人。為了確保不再出現什麼意外的情形，主席團要求全體代表在中午吃飯和休息的這段時間裏，不得離開會場。

在中午用餐時，孫守義把所有代表團的團長召集起來跟他一起用餐。

有的代表團團長想跟孫守義解釋，孫守義卻揮手示意制止了他們，說：

「這時候你們解釋什麼我都不會相信的。想要我相信你們也行，那就是下午的選舉，你們要保證你們的代表團投票支持姚巍山同志。」

孫守義用嚴厲的眼神掃視了一遍這些代表團的團長，團長們在銳利的眼神掃視下，不少團長都低下了頭。孫守義要的就是這種威懾的結果，他要讓這些團長們怕他才行。

作為一個領導者，想要領導好部下必須要兩手抓，一手籠絡，一手打擊。一手籠絡是因為只有籠絡住人，才會有人幫你賣命。但光籠絡也不行，還必須要有打擊他人的雷霆手段，只有這樣，別人才會敬畏你的權威，才會不得不服從你的領導。

孫守義冷冷地說：「我現在沒時間跟你們廢話，這麼說吧，姚巍山同志選不上這個市長的話，我孫守義是要負責的。不過我告訴你們，如果真的要我負責的話，我也不會對你們客氣，我一定會在負責前，先把你們給撤換掉的。所以，如果再出現上午的情形，你們也不用來找我了，主動把辭職信交到市委去就行了。」

下午三點，第二次選舉準時進行。

相比起上午的輕鬆來，氣氛則沉悶了很多，臺上的領導們都是板著臉，臺下的代表們則是看上去都十分的嚴肅，沒有人敢在這時候交頭接耳，相互交談，怕會被認為是在互相串通。

投票的結果很快出來了，這一次沒有人再投棄權票了，也沒有人投給胡俊森，黃昆的票數也減少了十幾票，選票都集中到了姚巍山身上，姚巍山以絕對多數的高票當選。

孫守義看到這個情形，心中暗自冷笑，這就是人性，當不危及到自身利益的時候，他們敢大膽地採取反對，但是一旦危及到他們的利益時，情形就大大不同了。

雖然高票當選，姚巍山的臉上卻沒有露出一絲一毫的欣喜來。此時他的心情與大會剛開始時的那種興奮有著天壤之別，他雖然坐上了海川市市長的寶座，但是在這場遊戲中，他是一個最大的失敗者。估計這會兒馮玉清一定在後悔不該聽信孟副省長的推薦，讓他來出任這個海川市的市長。

反觀孫守義和胡俊森，因為孫守義的周旋，事情算是有驚無險的解決了，東海省的領導和海川政壇一定會將功勞歸於孫守義身上。而胡俊森適時地見好就收，肯定也給省委領導一個識大體、知所進退的良好印象，對胡俊森會更加信賴。反而是他這個市長不但在下屬面前灰頭土臉，沒有了威信，還失去了省委領導的信賴，姚巍山自然是怎麼也高興不起來。

北京，週末。

上午八點半，傅華儘量動作輕微的從被窩裏起來，穿起衣服。身旁的馮葵還在熟睡，他不想驚醒她。

「你這麼早起來幹嘛啊？」

想不到馮葵還是被驚醒了，她揉著惺忪的睡眼，看著傅華說：「今天不是週末嗎？」

傅華解釋說：「我今天答應傅昭，帶他去野生動物園玩，所以要早點過去接他。」

馮葵譏諷地說：「原來你準備要去做二十四孝的父親，好，不耽擱你了，早點去吧。」

傅華看出馮葵有點不太高興的樣子，就說：「怎麼了小葵，你不高興了？」

馮葵神情失落地說：「我沒有不高興，而是我原本以為週末你會在這裏好好陪陪我，誰知道你還有別的安排。」

「傅昭鬧著要去野生動物園有一段時間了，我答應了他又不去不太好，這樣吧，我儘量早點回來陪你，好嗎？」傅華安撫著說。

馮葵搖搖頭說：「算了，你要去陪兒子玩就去玩個盡興吧，別玩得不上不下的，反而惹他不高興。」

傅華不放心地說：「那你不會生我的氣吧？」

馮葵釋懷說：「不會啦，你是要去陪兒子嘛，好了，你趕緊走吧，我好繼續睡我的大頭覺。」

傅華就出了馮葵的家，開車去趙凱家接了傅昭，然後往野生動物園趕。

北京野生動物園是集動物保護、野生動物馴養繁殖以及教育為一體的大型自然生態公園。不同於一般動物園，這裏以保護動物、保護森林為宗旨，突出動物與人、動物與森林的主題，增加人與動物的接觸，好拉近人與動物的距離。園區以無屏障全方位立體觀賞的設計取代傳統籠舍觀賞方式，可以跟動物零距離接觸。

一走進步行觀賞區，傅昭就開心的跟小鹿、松鼠這些溫順的動物玩在一起。傅華看兒子開心的樣子，也放下了這些天的鬱悶，跟著兒子一起開心玩樂起來。

從步行觀賞區出來，傅華又帶傅昭去了百獸山表演場，看了一場由大象、獅子、羊駝、斑馬等近三十多隻動物表演的大型節目。

看完表演已經是中午了，兩人就去動物園的餐飲中心，在那裏叫了午餐吃。

吃飯的時候，傅昭顯得十分興奮，邊吃邊跟傅華談論著剛才動物表演的好玩之處。兩人正聊得高興時，傅華的手機響了，是趙婷打來的。

傅華接了電話，說：「小婷，你不來可是吃虧了，這裏真的很好玩，我和小昭都玩得很開心。」

趙婷欣慰地說：「只要你們父子倆玩得開心就好，我去不去無所謂的。誒，小昭在你旁邊嗎？」

傅華說：「對啊，你找他有事啊？」

趙婷急急地問說：「是啊，你幫我問他一下，昨天他有沒有拿走我的一把鑰匙啊？」

傅華奇怪地說：「什麼鑰匙這麼重要啊，還要你特地打電話來問他？」

趙婷說：「是我在銀行開了一個保險箱的鑰匙，昨天我找東西的時候，把這把鑰匙給翻了出來，匆忙間忘了把它收起來。剛才起床時我想起這件事，正想把鑰匙給收起來，結果卻怎麼也找不到了，當時我記得是放在床頭櫃上，就想也許是小昭拿去玩了。」

傅華說：「是這樣啊，那我幫你問問小昭。」

傅華就問坐在對面的兒子，道：「小昭啊，你昨天有沒有拿媽媽床頭櫃上的一把鑰匙啊？」

「是這把鑰匙嗎？」傅昭說著，從褲子口袋裏掏出了一把鑰匙給傅華看。

傅華看到鑰匙，立時愣住了，這個鑰匙的形狀跟他接到的那封快遞裏的鑰匙形狀很相似，難道那是銀行保險箱的鑰匙嗎？

傅昭看傅華發愣，問道：「爸爸，你怎麼了，是我做錯了什麼事嗎？」

傅華趕忙笑了一下，說：「沒有小昭，爸爸只是想起了一件別的事情。誒，這把鑰匙應該是媽媽要找的那把，你怎麼把它裝在自己的褲袋裏啊，害得媽媽找不到鑰匙那麼著急。」

傅昭吐了下舌頭說：「我當時覺得這把鑰匙形狀有點怪，玩了一下就隨手裝在口袋裏了，沒想到媽媽會為了找不到它而著急。媽媽不會生我的氣吧？」

傅華笑笑說：「怎麼會，你又沒把鑰匙給搞丟。我跟她說鑰匙在你這裏就好了。」

傅華就跟手機那頭的趙婷說：「小昭身上的確有一把形狀很特別的鑰匙，我想應該是它吧。」

趙婷聽了說：「對對，那把鑰匙形狀跟一般的鑰匙不同，小昭拿的應該就是它了。你幫我先收起來，別放在小昭的手中給搞丟了。」

傅華說：「好，我幫你收起來就是了。誒，你什麼時候開了一個保險箱啊，我以前怎麼從來不知道你還開了保險箱。」

趙婷說：「這是我去年才開的，奶奶給我留了一些珠寶，以前都是放在家中，爸爸說還是把這些珠寶放到銀行的保險箱裏更安全一些，我就到銀行去開了個保險箱。」

傅華問：「開保險箱需要什麼手續嗎？很繁瑣嗎？」

趙婷說：「不會，只要帶身分證到銀行去申請就好了。申請後，銀行就會給你一個私人的保險箱，銀行有一把鑰匙，你自己持有一把，另外要設定密碼。開箱的時候，銀行要驗證密碼，然後銀行的鑰匙和你的鑰匙要一起才能打開。你問這個幹什麼，難道你也想去開個保險箱？」

傅華笑說：「我可沒那個必要。好了，我先幫你把那把鑰匙收起來，回去的時候交給你。」

傅華結束了通話，便把傅昭手中的鑰匙給收了起來。

下午陪傅昭玩的時候，傅華就有些心不在焉，他現在知道寄給他的那把鑰匙是銀行保險箱的鑰匙，這樣的話，那個慶建國的身分證很可能就是用來開這個保險箱的。

不過，猜到這些並不代表猜出了整件事的謎底，傅華現在得到的答案僅僅是一半而已，包括這個保險箱是哪家銀行的，保險箱的密碼又是多少，這些他都不知道；更別提保險箱裏究竟是放了些什麼，也無從知道寄給他鑰匙的人究竟是想做什麼了。

他心中隱約猜到很可能跟睢心雄、黎式申有關，保險箱裏放的很可能就是邵靜邦留下的睢心雄的罪證。

傅華十分渴望能儘快得到答案，因為現在他和國土局以及豪天集團間的博奕已經到了山窮水盡的地步了，再沒有什麼轉機出現的話，他不認輸也得認輸了。

現在行政訴訟第一審已經敗訴了，委託律師江方認為上訴也沒有什麼希望。但是傅華知道如果不上訴的話，那國土局很快就可以將土地重新入市拍賣。那樣，土地就會落進豪天集團手中，他前面的一切努力將會全部化成泡影。

傅華自然不甘心，因此他指示江方一定要找理由提起上訴。目的很簡單，就是為了拖延時間，等待事情出現轉機。現在這個轉機總算是出現了，雖然僅僅是出現一半，卻已經給傅華很強的信心了。

一直玩到傍晚，傅華才把傅昭送回去。把傅昭送回去之後，傅華就匆忙趕去駐京辦他的辦公室，找到那把鑰匙，和那個叫做慶建國的身分證。

按說黎式申既然把鑰匙和身分證寄給他，應該也會想辦法把開保險箱的密碼告訴他啊？但是為什麼沒有呢？傅華坐在那裏把玩了鑰匙和身分證好半天，也沒想出答案來。

這時手機響了起來，是馮葵的號碼，馮葵不高興的說：「你怎麼回事啊？這麼晚了還不回來，不會是還在陪兒子玩吧？」

傅華這才想起來他跟馮葵說過他會早點回去陪她的，結果因為發現了保險箱的事，一時興奮就把這個給忘記了。

傅華趕忙說：「沒有，我有點別的事，現在馬上就回去。」

傅華就把鑰匙和身分證給鎖了起來，匆忙的奔去馮葵家。進門之後，馮葵白了他一眼，便賭氣的轉過身去不理他了。

傅華知道馮葵在家裏被冷落了一天，滋味很不好受，就抱住她，陪笑著說：「好了，別生氣了，我這不是儘快回來陪你了嗎？」

馮葵氣哼哼的說：「什麼嘛，要不是我打電話給你，你還不知道磨蹭到什麼時候呢！怎麼，陪兒子玩得太高興，就把我忘到腦後去了嗎？」

傅華說：「不是，我不是陪兒子玩到現在，而是發現了能對付睢心雄的線索，就去了駐京辦。」

「發現對付睢心雄的線索？」這下換馮葵愣住了，說：「你發現了什麼線索啊？」

傅華說：「我現在才知道前段時間有人寄給我的那把鑰匙，原來是銀行保險箱的鑰匙，估計裏面應該是黎式申存放睢心雄罪證用的。」

「太好了，」馮葵叫了起來，「那你還不趕緊拿鑰匙去把罪證給取出來？把罪證交給楊志欣後，睢心雄的勢力馬上就會被瓦解，熙海投資的那兩個項目也能得到保全了。」

傅華苦笑了一下，說：「我也想啊，可惜的是我還不知道這個保險箱究竟是哪家銀行的，也不知道開保險箱的密碼是什麼？」

馮葵的臉色馬上黯淡下來，說：「那樣的話，你得到鑰匙還是沒什麼用

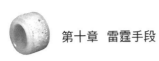

嘛？這個黎式申，真是會捉弄人啊。」

傅華說：「這不能怪黎式申，他肯定事先都安排好了，遺憾的是我卻沒有重視那些細節，而忽略了一些關鍵的事情。」

馮葵聽了說：「你是說黎式申其實把事情都安排好了，只是你沒有搞清楚他的用心？」

傅華苦惱地說：「是啊。問題是我不知道我究竟忽略了什麼。」

馮葵嘆了口氣說：「這可就麻煩了，除非你自己想起來究竟忽略了什麼，別人可是一點忙都幫不上你。」

傅華點點頭說：「這我也知道，不過我相信我很快就會想起來的，我自信絕不會輸給雎心雄的。」

馮葵聽了說：「你好好想一想，那段時間究竟發生過什麼事，有什麼事情是很特別的。」

傅華回憶說：「那段時間發生了很多事，黎式申被殺，雎心雄派人綁架了鄭莉和傅瑾，然後鄭莉跟我離婚。」

馮葵顯然不願意傅華提起鄭莉，不耐煩地說：「好了，你想一些特別的事，別老糾纏著你跟鄭莉的事行嗎？留給你雎心雄罪證的是黎式申，你難道能從鄭莉身上引申出黎式申嗎？真是莫名其妙。」

傅華搔了一下頭，笑說：「我只是在回想當時發生了什麼事，沒有想別的。誒，我想起來了，這恐怕還真是與鄭莉有關，那晚鄭莉帶著傅瑾搬回爺爺家去住，我當時因為心情鬱悶，喝了不少的酒，突然有個女人打了個奇怪的電話給我，說了一個銀行的名字和一串數字。」

馮葵的眼睛立時亮了，說：「這個銀行的名字和數字肯定就是保險箱的銀行和密碼了，你還記得她說的究竟是哪家銀行，什麼數字嗎？」

傅華苦笑說：「我當時喝得頭有點暈，也搞不清楚那個女人跟我說這些是什麼意思，根本沒認真記下對方跟我說的內容，還以為對方是打錯電話了，就沒再理會這件事。」

「哎，那完了，」馮葵哀嘆說：「你沒記下來，現在又怎麼去找這個保險箱啊，難道你還能找到那個打電話給你的女人？」

傅華也遺憾地說：「肯定不行了，別說我沒有記下那個女人的電話號碼，就算我記下了，這個號碼肯定也無法接通。黎式申設計這件事是很謹慎的，他一定是擔心睢心雄查到什麼，所以才故意把相關的線索交給兩個人，這樣一個人負責通知我銀行的名字和保險箱的密碼，另一個人則負責把保險箱的鑰匙和身分證寄給我。」

馮葵接著推測說：「我看這兩個人恐怕也不知道黎式申讓他們做這些事是為了什麼。這樣也能保證這兩個人的安全，同時，這兩人就算是生了背叛之心，也無法出賣黎式申。」

傅華附和說：「應該是這樣子的。」

馮葵不禁說道：「看來這個黎式申還真是一個人物啊，他的心思實在太縝密了，我都有點佩服他了。」

傅華苦笑說：「小葵，你是不是先把對他的佩服往後放一放，先幫我想個辦法回憶一下，看看能不能幫我想起來究竟是哪家銀行？只要找到銀行，我們有鑰匙和身分證，就可以找機會取出保險箱裏的東西了。」

馮葵愛莫能助地說：「這個我可沒什麼辦法幫你，除非你自己能想起來。你好好想想吧，你不應該什麼印象都沒有的，」馮葵提醒說：「你想一下，那家銀行有什麼特殊的地方沒有，黎式申是隨機找了一家銀行呢，還是選擇一家與你或者跟他有關聯的銀行？」

「啊，對了，」傅華在馮葵的啟發下，突然想到那個女人告訴他的那家銀行讓他感到很特別，這個特別不是特別在別的什麼地方，而是這家銀行與他師兄賈昊相關，就是賈昊當初工作過的聯合銀行。

想到聯合銀行，傅華的思路一下子打開了，他想起那個女人講的那句話了，興奮地衝著馮葵叫道：「我想起來了，那個女人說的是聯合銀行朝陽區支行九六八七五三一。」

請續看《權錢對決》10 決戰時刻

權錢對決 九 大起大落

作者：姜遠方
發行人：陳曉林
出版所：風雲時代出版股份有限公司
地址：105台北市民生東路五段178號7樓之3
風雲書網：http://www.eastbooks.com.tw
官方部落格：http://eastbooks.pixnet.net/blog
Facebook：http://www.facebook.com/h7560949
信箱：h7560949@ms15.hinet.net
郵撥帳號：12043291
服務專線：(02)27560949
傳真專線：(02)27653799
執行主編：朱墨菲
美術編輯：許惠芳

法律顧問：永然法律事務所 李永然律師
北辰著作權事務所 蕭雄淋律師

版權授權：蔡雷平
初版日期：2017年5月
初版二刷：2017年5月20日
ISBN ：978-986-352-413-7

行政院新聞局局版台業字第3595號 營利事業統一編號22759935

定價：280元 特惠價：199 元

國家圖書館出版品預行編目資料

權錢對決 ／ 姜遠方 著. -- 初版. -- 臺北市：
風雲時代，2016.11- 冊；公分

ISBN 978-986-352-413-7（第9冊；平裝）

857.7 105019530